中公文庫

旅立ちの日に

清水晴木

中央公論新社

目次

旅立ちの日に

「勧酒」

于武陵

〈訳詩〉井伏鱒二

コノサカヅキヲ受ケテクレ
ドウゾナミナミツガシテオクレ
ハナニアラシノタトヘモアルゾ
「サヨナラ」ダケガ人生ダ

井伏鱒二『厄除け詩集』（講談社文芸文庫）より

第一話　木蓮の涙と桜

さよならも言えなかった。
本当に、突然のことだったのだ。
二週間経《た》っても、実感が湧かない。
いつまでも、その姿を探している自分がいる。
この金谷《かなや》の町のどこかに、今でも陽子《ようこ》がいる気がするのだ。
通りでは木蓮《もくれん》の花のつぼみが膨らみ始めた。
陽子が好きな花だ。
俺が好きな桜は、まだ咲きそうにない。
春はすぐ傍《そば》まで来ているはずなのに、今はまだどうしようもなく遠くに感じる——。

◇

「アジフライ定食一丁ー！」

「あいよーっ！」

ホールから陽子の高らかな声が聞こえてきて、負けじと声を返す。

――一九九二年。平成四年。

バブル崩壊からの平成不況といわれ、不景気なまま日本の景気が安定してきた頃、俺たち桜木《さくらぎ》家は、千葉県南部の富津《ふっつ》市金谷にやって来た。東京湾に面した港町であり、漁業や海苔《のり》の養殖と共に、傍の鋸山《のこぎりやま》から採掘される房州石《ぼうしゅういし》で栄えた町だ。海沿いを走るのは国道127号。その上空を飛ぶ鳶《とび》の姿もよく見かける。金谷港で揚がった漁のおこぼれにあずかろうとしているのだ。そしてひとたびぐるっと海の反対側に目を向けると、まるで何かの遺跡の入り口のように岩を切り出した山肌も見える。そんな海と山の一体感が特徴的な町だった。

「はい、アジフライ定食お待ち、熱いからお気をつけて、でもお熱いうちにどうぞ！」

この金谷の町に住もうと言ったのは陽子だった。お店を開くならここでやりたいという想いは前からあったみたいだ。そしてその念願は最高の形で叶《かな》うことになった。

というのも金谷は、東京湾上を千葉県から神奈川県の久里浜《くりはま》まで繋《つな》ぐ東京湾港フェリーの発着港になっていて、その金谷フェリーサービスセンター内の定食屋として店を開くことになったのだ。

俺も陽子も三十九歳。そして息子の大輔《だいすけ》が四歳の時のことだった。

店の名前は『春風亭《はるかぜてい》』

温かな風を運ぶような、そして爽《さわ》やかな海の町に似合うその名は、陽子が名付けた。俺にはこういうセンスが全くないから助かった。観光のお客さんがメインにもなるので、春が来るたびにうちのお店を思い出してくれそうなのも尚《なお》のこと良かった。時折、「春風亭《しゅんぷうてい》なんて落語家みたいな名前つけてどうしたの」と言ってくる客もいたが、そんな時には陽子は「笑点を見た時にでも思い出してまた来てください」と返して笑いを誘っていた。

看板メニューはアジフライ定食だ。目の前に広がる東京湾で朝捕れたばかりの新鮮な鰺《あじ》を使っている。この黄金アジフライとも呼ばれる看板メニューは、店でもほとんどの人が注文して、フェリーを利用する乗船客はもちろんのこと、陸路からの観光客や、地元の人たちからも評判が高かった。

最初は、大して接客もうまくない俺と、時折そそっかしいところもある陽子との二人での店なんて本当に大丈夫なのか心配だったけど、その不安もあっという間に、いや、カラッと揚げたように消え去っていた。

「ほら、うまくいったでしょ、私と浩君《ひろし》で店をやれば成功するに決まってたんだよ、はらたいらさんに千点みたいなものなんだから」

お店が軌道に乗り始めた時に、陽子が冗談っぽくそう言った。昨年末に最終回を迎えたテレビ番組『クイズダービー』が好きな陽子の口癖《くちぐせ》で、そう言われた時には俺が「篠沢《しのざわ》教授に全部、みたいなことにならなくて良かったよ」と返すのがお決まりだった。

大輔もお店の掃除を手伝い始めるようになっていたし、「大きくなったらコックさんになる！」とも言ってくれていたので、その度に陽子は、「じゃあこれから春風亭を百年先まで続く店にしなきゃね」なんて言って笑っていた。

このうえなく順調な日々だった。向かうところ問題なんてなにもないと思った。こんな日々が百年先とまでは言わなくても、大輔が大きくなって、俺と陽子が腰の曲がったじいさんとばあさんになるくらいまでは続くものだと勝手に思っていた。

――でも突然、春風どころか大きな嵐に見舞われることになった。

店のオープンからちょうど一年が経った頃だ。

運転していた車が交通事故を起こし、陽子は帰らぬ人となったのだ――。

契約していた地元の農家さんからの野菜を運んでいた帰り道での出来事だった。他に誰かを巻き込むことはなく単独の事故だった。ブレーキ痕からは、なにか突然飛び出してきた動物を避けて起きた事故だったかもしれないということだった。事情ははっきりしないままだが、陽子ならありえる事故だと思って納得してしまった。

でも、納得出来ただけだ。

まったく受け止めることなんて出来ていない。

陽子が亡くなったということを真正面から受け止めてしまうと、簡単に心が砕けてしまいそうだったから――。

亡くなってからの一週間は、怒濤《どとう》の速さで時間が過ぎた。葬儀だのなんだのとあるのは、悲しみを紛らわせるためなのかもしれない。

だから葬儀が終わって、なにかが壊れたように涙がぼたぼたと零《こぼ》れ落ちて来た。桜の花びらが散る、なんてそんな生易《なまやさ》しいものじゃない。牡丹《ぼたん》の花が地面に落ちるような、そんな大粒の涙だった。

ただ、俺なんかよりももっとショックだったのは大輔のはずだ。

――大輔にとっては、陽子が唯一の血の繋がりのある親だった。

大輔は陽子の連れ子で、俺と陽子は、大輔が三歳の時に結婚したのだった。

そして今は、俺と大輔の二人だけになってしまった。

血の繋がらない父と息子の二人がこの金谷の町に残された。

こんなことってあるのだろうか。

神様なんてものはいないんだと、俺は最近思うようになった。

◇

「……それでは、春風亭の今後についてはいまのところまだなにも考えていないということでよろしいでしょうか？」

目の前の男が俺に向かって言った。

「……なにも考えていない訳じゃねえって、色々考えてるけど、なにも決まっていないだけだ」

その質問は、この二週間、店を閉めていたことに対するものだった。

目の前の男は、この金谷港内を運営するフェリーサービスセンターの総合案内係だ。みんなから「総合案内」とか、「案内係さん」とか呼ばれていて、俺は勝手に総合係と呼んでいる。

「そうですか、その考えがまとまるのはいつ頃でしょうか？」

総合係が動かしているのは口のはずなのに、どうしても目がいくのはその頭だ。特徴的なくるくるのパーマ頭。それからその下の石ころを削ったような冷たい瞳《ひとみ》が視界に入る。身長は俺と同じくらいだが、体重は差があるだろう。総合係の体の線は細い。ひょろ長いというか、細身の木という感じだ。しかも古木《こぼく》。この仕事を始めたのは春風亭が出来たのと同じくらいと聞いているが、それにしては年季が入っているようにも思える。どちらかというとがっしりとしたタイプの俺とは見た目も正反対だ。それでもって中身も正反対だったのかもしれない。俺はとにかく、仏頂面《ぶっちょうづら》でまるで感情のこもっていないような喋《しゃべ》り方をするこの男が苦手だった。

「……まとめようと努力してるよ」

「そうですか、努力とは？」

……本当にこいつが苦手だ。努力とは？　もはや哲学的な質問だ。パーマ頭もあいまってまるでカントとかデカルトとかそういう哲学者のように見えてくる。

「……精一杯やってるってことだよ」

「そうですか」

そうですか、というのは、きっとこいつの口癖だ。

「……大体な、まだ春風亭を閉めてから二週間だ、俺の店なんだし、いつ開けようが閉めようが俺の勝手だろ」

「先行きの見通しというものが欲しいだけです。港内で働く人にとっても、一番近くのお店がいつまでも開かなければ不便ですし、他の案を考えなければいけないかもしれませんから」

他の案というのは、つまりこのまま春風亭が再開されなければ、他の店が代わりに入って春風亭は立ち退《の》きを迫られるということだろう。言葉こそ濁しはしたが、現状のままでは、一番可能性としては高かった。

「努力するよ……」

今はそう答えることしか出来ない。

「そうですか……、それでは『努力』をよろしくお願いします。また来ますので」

最後は念押しのように努力の部分を強調して言って、総合係は帰っていった。

「また来るのかよ……」

今ここでちゃんとした答えを出せないのには、理由がある。

店を再開させる以上、今は陽子もいないからほぼ一人で店に立ちっぱなしになる。そうすると大輔と一緒に居られる時間は圧倒的に少なくなるはずだ。今までは店が空《す》いた時間やお互いに休憩を取って時間を作っていたけど、それも出来なくなってしまったのだ。これからはまともなバイトでも雇わない限り、俺が一人で二人分働かなければならないことになる。

そして、もう一つの悩みはもっと根本的な問題だった。

——俺にとって、この店をやる意味を見失ってしまったことだ。

この店を始めようと言ったのは陽子だった。陽子と出会った頃の俺は、町の洋食屋でただの雇われコックとして働いていて、その時は自分で店を持つなんて考えもしなかった。

でも、陽子が俺の料理を本当に気に入ってくれて、それで「浩君は料理がとても上手だし、私は接客が得意だから、二人で一緒にやれば最高のお店が出来るね」なんて言ってくれたから、この春風亭を開いたのだ。

その陽子がもう、今は隣にいない。

二人一緒ではなくなったから、これで最高のお店は出来ないはずだった――。

「はぁ……」

ため息がでた。

でもこんな時に陽子が隣にいたら「ひふへほー」と続けてくれただろう。「ため息をつくと運が逃げるから、『はひふへほ』と言った振りをした方がいいんだよ」と前に教えてくれたことがあったのだ。誰に向かってその振りをしているのかは分からないけど、なんだかそれは妙に納得出来て笑えた。

これから俺はため息をつくたび、陽子のことを思い出すのだろうか……。

「……大輔、帰るぞ」

店の隅の椅子に座って海を眺めていた大輔に声をかける。

大輔は返事をしないまま、小さくコクリと頷《うなず》いた。

前まではよく喋っていたのに、陽子が亡くなってからは、とんと口数が減った。男同士の親子なんてこんなものだっただろうか。自分の時のことがよく思い出せない。もう三十数年も前だ。

けど、陽子がここにいたらきっと明るく声をかけて大輔を笑わせたりもしただろう。

店のことだけじゃなくて、これから父親として努力しなければならないことが山ほどあるみたいだ。

◇

陽子との出会いのことはよく覚えている。

大輔が二歳の時、そう、三年前の一九九〇年のことだった。俺が働く柏《かしわ》の洋食店に二人が訪れたのだ。注文したのはオムライス。「一つだけ頼んで、分けて食べてもいいですか?」とわざわざ聞いてきたから印象に残っていた。最初に料理が来た時も、陽子は大輔に食べられるだけ食べさせて、それからゆっくりと残りを食べていた。自分よりも息子が食べている時の方がよっぽど幸せそうな顔をしていたからよく覚えている。笑顔のよく似合う人だった。息子をあやす時にかける柔らかなその声は、店内の雑踏《ざっとう》の中でも何か子守唄《こもりうた》のように聞こえてきた気がする。

その後に店が空いてきたのもあって、俺は店先の掃除に出た。ずっと店の中にいるとなんだか息苦しくなるような気がするから、率先して店前の掃き掃除役を買ってでていた、のだ。

デザートまで食べて満足げな顔をした二人が店から出て来たのはそんな時だった。このまま他の客と同じように、時折店を訪れるのか、それともこの一回だけの出会いになるのかと思っていた。

でも、そこで陽子が立ち止まった。

「これ、もらってもいいですか？」

「えっ？」

俺は最初なんのことを言っているのか分からなかった。

「この木蓮の花です」

時間差で遅れて意味が分かった。陽子は店先に咲いたハクモクレンの花を指さしていたのだ。ただ、俺が戸惑《とまど》ったのにも理由がある。陽子が指さしていたのは、今俺が掃いて捨てようと思っていた地面に落ちたハクモクレンの花びらだったからだ。

「……どうぞ、お好きに」

「ありがとうございます」

そう言うと、陽子は大切なものでも扱うかのように、木蓮の花を拾った。確かに、花弁《かべん》が数枚ついて、ぼたっと落ちたようなハクモクレンの花だった。

でもそんなことよりも、俺にとってはごみだと思っていたものが、この人にとっては特別なものになることに、驚きを隠せなかった。

「……この花は、木蓮って言うんですか」

ずっと前からそこにあった木を見つめて言った。

当時の俺は、その木が木蓮ということさえ知らなかった。

「ええ、正確にはハクモクレンですね。でも、こんなお店の前に咲いていたのに、知らなかったんですか？」

そこには嫌みなんてものはなにもなく、陽子は本当に驚いたように言った。

「春になるとなんか咲くなあとは思ってたんですけどね、でも春の花なんて桜くらいしか知りませんでした。自分の名字が桜木って言うんで、それで勝手に縁を感じてるだけですが、ははっ」

今話すようなことではない、ただの戯言《ざれごと》だ。でも陽子は俺の話の後に、もっとくだらないことを言った。

「あっ、やっぱりコックさんは花より団子《だんご》派なんですね」

「へっ、ははっ、……そいつはまあ確かにそうかもしれません」

二人して笑った。

さっきまでの大人びた表情が風に吹かれるように飛ばされて、くしゃっと笑った顔がとても可愛らしかった。

隣で大輔もつられて笑っていたような気がする。

笑顔の可愛さは遺伝するんだなってその時に思った。

それから気づくと陽子は、再び枝に残った木蓮の花を見つめていた。

「……そんなにこの花が好きなんですね」

俺がそう言うと、陽子はこくりと頷いて言った。

「ええ、好きです」

その後に続いた陽子の言葉は、俺には思ってもみなかったものだった。

「……でも、あなたも桜が好きならきっとこのハクモクレンも好きになりますよ。春になるとハクモクレンが少し先に咲いて、それから桜が咲いて、隣同士で一緒に咲くことだってありますから」

——その言葉が、きっかけだったのかもしれない。

いや、それを言うならこの木蓮の木が先だろうか。

今まで何の匂いもしないと思っていたけど、かすかな甘いハクモクレンの花の香りを感じるようになった。

それからハクモクレンの花が散り終わる前に、もう一度店を訪れた陽子に今度は俺から話しかけた。

そして、デートの約束を取り付けた。

私はシングルマザーで息子もまだ小さいですから、と最初は陽子もおよび腰だったけれど、それでも一生懸命アプローチした。

柄にもないことを言うけど、花が地面に落ちるように恋に落ちたと思ったから。

その頃の俺は、ハクモクレンの花だけではなく、町に咲く名前も分からない花を見つけるたびに陽子のことを思い出すようになっていた。

そして、「また来年もハクモクレンの花を一緒に見ませんか？」というのが付き合い始める告白の言葉になって、「再来年も、これから先もずっと一緒に見ませんか？」というのがプロポーズの言葉になった。

陽子は一度笑ってから、その後に桜の花が散るように綺麗《きれい》な涙をこぼして、「よろしくお願いします」と言ってくれた。


――そんな、昔の記憶が夢の中に出て来た。

夢ではあったけれど、嘘《うそ》やまやかしはなにもなく、ただただ過去の思い出を録画したビデオテープを再生したかのように流れてきた。

「……あの曲のせいだ」

昨日の夜にラジオからスターダスト☆レビューというグループの『木蘭の涙』という曲が流れていた。それで、陽子と出会った時のことを思い出したんだ。

思えば、こっちに来てからも一度だけハクモクレンの花見をしたことがあった。花見といえばやっぱり桜だとは俺も思ったが、近くにはほとんど桜がなかったから結局ハクモクレンを見に行くことになったのだ。今年も陽子は亡くなる寸前くらいに大輔を連れてもう一度行っていた。でもその時は確かまだハクモクレンの花は咲いていなかったはずだ。だからまた近いうちに行かなきゃと言っていて、それで「浩君も楽しみにしててね」となぜか笑って言っていた。

ハクモクレンだけの花見なんて、そこまで興味がそそられるものでもなかったけど、陽子が言うと本当に楽しみになった。店がどれだけ忙しくても必ず行こうと思っていたが、その日がやって来ることは永遠になかった——。

「あれっ、大輔は……」

家の中を探し回っても、大輔の姿が見当たらなかった。

「一体、どこ行ったんだ……」

こんなことは初めてだ。家の外に出てみる。

「大輔ー！」

港のところまでやってきたがその姿は見つからない。いつもならここから海を見つめていることも多いのだが……。

「おーい！　大輔ー！」

もう一度名前を呼ぶ。すると返事があった。

「どうしたー？」

でも大輔ではない。壮年の大人の声だ。

「サクラさんか……」

ところどころひょこっと好きに跳ねた髪に、日焼けした肌と深い皺《しわ》。どこか不思議な雰囲気を纏《まと》ったこの人は、周りからサクラさんと呼ばれていた。

「うちの大輔を見なかったか？」

この金谷の町に来て、最初に知ったのがこの人の名前だった。というのもそんなにいい意味での噂《うわさ》を聞いた訳ではない。サクラさんは、この町の色んなところに桜の木を植えていて、それでサクラさんと呼ばれていたのだ。その活動を始めた理由を誰も知らないので、一部からは変人扱いされていた。それにあくまで噂だが、昔海外の色んな国を旅していた時に、桜の木を百本植えないと死んでしまう呪いにかかったから、この町で桜を植えているなんてことも言われていた。それに昔は有名な画家だったとか、実は資産家で金持ちだとか、色んな噂が飛び交っていたのだ。

「だいすけ？」

サクラさんはとぼけたような声で言ってから言葉を続けた。

「だいせんじがけだらなよさ？」

全くもって意味が分からない言葉だった。

「おいおい最初の二文字しか合ってないじゃねえか、なんだその訳の分からない呪文は、大輔だよ、大輔、うちの子の名前だ」

「ああ、荒木大輔《あらきだいすけ》か？」

確かにその元甲子園のアイドル的存在にあやかって数年前は、大輔の名前が巷《ちまた》に溢《あふ》れたとも言われているけど、そうじゃない。この人と話していると、ボケで言っているのか、マジで言っているのか判別がつきづらいのも難点だ。年齢は俺より二回り上くらいだからまだそんな歳《とし》ではないのは確かだが……。

「……違うって！　うちの子だよ、五歳くらいの小さな男の子」

「ああ、大ちゃんか」

サクラさんは港のあたりをふらりと歩いていることもあったし、面識はあったみたいだ。だが大ちゃんなんて呼ばれているとは知らなかった。陽子は誰とでも社交的に話すところがあるから、きっと一緒にいる時に見知った仲になったのだろう。

「大ちゃんならさっきあっちに行ったよ」

そう言って港からもう少しだけ離れた公園の方を指さした。最初からそう言ってくれれば良かったのだが、それでも貴重な情報をくれたのはありがたい。

「ありがとよ、サクラさん」

それからサクラさんは、「ハヴァナイスデーイ」なんて言って手を振った。やたらと発音だけは良かったから海外を旅していたというのだけは本当なのかもしれない。桜の木を百本植えないと死んでしまうなんて呪いはどうにもこうにも嘘くさいが。

——そして、大輔を見つけた。

サクラさんがさし示した通りの場所にいた。でも、俺はなんで大輔が朝っぱらから一人でこんなところに来たのかが分からなかった。

「……大輔、一人で家を出たらだめだろ」

叱る口調にはならないように、気をつけて言った。ただそのせいかもしれないが、大輔は返事をしない。

「……なんで一人で勝手に家を出たんだ？」

今度は答えやすいように質問する。

「……」

でも大輔は何も答えない。

「……こんなところに、なんで一人で来たんだ？」

言葉だけを少し変えて、同じような質問をした。

「……」

それでもやっぱり大輔はなにも答えない。

「ふう……」

長い、息をついた。

でもため息ではない。

次の言葉を大輔に投げかけるためだった。

「勝手に一人でこんなところまで来るなんてな……」

大輔の顔をまっすぐに見つめる。

「聞いてないよォ」

「……」

…………大輔の表情は何一つ変わらなかった。

どうやら盛大にすべったみたいだ。ダチョウ倶楽部《くらぶ》の上島竜兵《うえしまりゅうへい》がやっている鉄板のネタだったのに大輔にはまだ早かっただろうか。

「……帰るぞ、大輔」

というか、俺がやるのがへたくそだっただけか。きっと陽子ならちゃんと笑わせてこの場の空気を変えたはずだ。

でも、本当に大輔がなぜ一人で勝手に家を出たのかが分からなかった。

大輔がこんなことをするのは初めてだ。

——陽子なら、やっぱり大輔が今なにを思っているのかもすぐに分かるのだろうか。

大輔との時間をこれからもっとたくさん作りたいと思っていたけど、やっぱりどうすればいいのか分からなくなる。

まだ最初の出会ってすぐの頃、俺と陽子の間で話に詰まる時もあった。そんな時にその間を繋いでくれたのが大輔だった。大輔が声をあげてくれたり、何か聞いてきたりしてくれたから、ずっと会話にこと欠かなかったのだ。

でも、もしかしたら俺と大輔の間を繋いでくれていたのも陽子だったのだろうか。

だとしたら、俺は父親としてこの子になにをしてあげられるのだろう。

◇

「どこにいるんだ大輔ー！」

大輔との関係性に思い悩む中で、事態は好転するどころか悪化していた。

というのも、そんな日が何度も続くことになったのだ……。

「なんだよ、腹減《はらへ》ったのか……？」

ある時は、浜金谷《はまかなや》駅近くの定食屋の『鰆屋《さわらや》』さんの前にいた。

「……どっか出かけたいところあるのか？」

ある時は、海沿いの国道127号に立つバス停の前にいた。

「勝手にここに入ったらだめだろ……」

またある時は、休業中の春風亭の厨房《ちゅうぼう》にいることもあった。

「本当にすみませんご迷惑を！」

またまたある時は、勝手に他の人の家にあがっていた……。

「……いい加減にしろよ、大輔！」

——それで今日、俺が晩飯を作っている間に抜け出した時は、鋸山ロープウェーの発着駅でもある鋸山山麓《さんろく》駅の前で見つかって、警察に保護されて帰って来た。

この時ばかりは流石《さすが》の俺も頭にきていた。今回は大輔にとっても危険が伴ったから話が別だ。これでまた陽子のように、その身に何かあってからでは……。

「なんで一人で外に出るんだ！　しかもロープウェーのところまでなんて危ないだろ！」

鋸山山麓駅までは、確かに海沿いに行けばまっすぐに歩いていける場所ではある。ただ五歳の子どもが一人で行くようなところでは決してなかった。

「……」

大輔はなにも答えない。

前に公園で見つけた時と一緒だ。

「なんでずっと黙ってるんだ！」

「……」

大輔は、それでも何も話さない。

「そんなに……」

と言いかけてから口を噤《つぐ》む。

なにか、このままでは自分の口から言ってはいけない言葉が出てきそうな気がした。

「もういい……、飯が出来るまで今日はずっと部屋にいろ……」

絞り出すように言うと、大輔が、ゆっくりと自分の部屋の中に戻って行った。

その姿を見送ってから、がっくりとうなだれる。

——そんなに俺といるのが嫌か。

俺は今、確かにそう言おうとした。

こんな言葉、本当の親がかけるものではないだろう。まるで他人に言うような言葉だ。

いや、違う。何が本当の親だ。自分が勝手に線引きしている。本当の親とか血の繋がった親とかそんなことはなにも関係ない。今は、俺が大輔のただ一人の親なのだ。だから、俺は大輔の一番の理解者になってやらなければならないはずなのに――。

「くそっ！」

自分に苛立《いらだ》っていた。自分の感情のやり場が分からなかった。いつまでも気持ちを切り替えられない。

晩飯になってから大輔と顔を合わせたけど、会話は一つもなかった。無言のまま食事が進んで、それから大輔は言いつけをちゃんと守るように部屋の中に戻って行く。

居間の中で唯一音を発しているのはテレビだけになった。

「――そこに愛はあるのかい？」

江口洋介《えぐちようすけ》がそう言っている。ドラマの『ひとつ屋根の下』をやっていた。江口洋介扮するあんちゃんの決《き》め台詞《ぜりふ》のようなものだ。

なんだか今は、その言葉が自分に対して言われている気にもなる。俺には、ちゃんと愛があるだろうか。そこに、愛はあるのだろうか――。

ジリリリリ。

テレビの次に、今度は電話が音を発した。

「……もしもし」

こんな時間に電話がかかってくることすら珍しかった。

「もしもし、あの浩さんですか？」

「……はい、浩ですが」

そして、かけてきたのも珍しい相手だった。

――陽子のお母さんだ。

こうして話すのは、葬儀の時以来になる。

「……ごめんなさいね、急にこんな時間に電話しちゃって」

「……いえ、とんでもないです」

陽子がいる頃にはよく電話も来ていたが、こうして俺に電話をかけてくるのは初めてのことだった。陽子の四十九日に関することかとも思ったけど、そうではないようだ。

「……大ちゃんは、元気かしら？」

「……そうですね、はい、元気にしてますよ」

「それなら良かった……」

大輔が、最近勝手に外に出てしまうことまでは流石に言えない。でも一人で外を出歩くくらいには元気なのは確かだから嘘は言っていないつもりだ。

ただ、お義母《かあ》さんは純粋に今の大輔の身だけを案じて、その質問をした訳ではなかった。

そして数秒の間があって、本題を切り出した。

「……大ちゃんのことなんだけど」

それは、俺にとっては想像もしていないものだった。

「もしも浩さんがあれだったら……、うちで面倒を見るのはどうかなって……」

「えっ……？」

最初は、その言葉の意味が分からなかった。

でも、受話器の向こうから流れてくる言葉は止まってはくれない。

「私もね、色々浩さんのことを思って考えてみたの……。その……、大ちゃんは陽子と前の旦那《だんな》さんの間に出来た子だから、浩さんとも付き合って日が浅いし……、それに浩さんもまだ若いでしょう、これから先があるし、再婚のことだって考えたら……」

受話器から聞こえる声には、それなりの強い意志が宿っていた。

「そんな……」

頭の中が真っ白になった。まさかそんな話をされるとは思ってもいなかったのだ。

うまく言葉を返すことが出来ない俺に向かってお義母さんは話を続ける。

「ごめんなさいね、急にこんなことを言って困らせちゃったわよね……。でも、大ちゃんももう少ししたら小学校にあがるし、それなら早いうちに考えた方がいいのかなって……」

矢継ぎ早にされた説明、唐突に向けられた提案。

ただ、すぐに言葉を返すことが出来なかったのは、お義母さんの言っていることにある種の正しさがあると思ってしまったからだった。

大輔のことを一番に考えるなら、その方がいいのだろうか……。

俺のことなんてどうだっていい。

今は再婚なんて一切考える気になれない。

けど、俺と一緒にいることで、大輔には寂しい思いをさせてしまうのだろうか。

それでも俺は──。

「……すみません、今はそんな話を考えられる状況でもありません。それに、大輔はれっきとした俺の息子ですから」

はっきりと伝えた。

本当に率直な、今の自分の想いだった。

「……そうよね」

お義母さんは、一言だけそう言った。そこから何か二の矢三の矢を放ってくるのかと思った。それくらいにさっきまでの言葉は意志のこもったものだった。

「ごめんなさい、浩さん……」

でもそこから、急に受話器の向こうから聞こえてくる声が、小さくなっていく。

「本当にごめんなさい、浩さん……、こんなばかげた話をしてしまって……」

「……お義母さん？」

「……私、あの子が亡くなってから、だっ……だめなんです」

受話器越しにも、涙の零れる音が聞こえてくる気がした。

「本当に、本当にばかなことばかり考えて……、もうあの子はいないのに、それなのに、ずっと、あの子が今もどこかにいるんじゃないかって探しているみたいで……」

お義母さんは、言葉を続ける。

「それで、大ちゃんなら、って……、あの子の、陽子の、大切な子だから……、そんなことばかり考えてしまって……」

「お義母さん……」

今日、電話をかけてきた本当の理由が分かった。

陽子は俺にとっても特別で大切な人だったけど、お義母さんにとっても心から大切な一人娘だったのだ——。

当たり前のことだった。

そして俺と同じように、その大切な存在を失ったのだ。

まるで自分の身体《からだ》の一部がもがれたようにも感じているはずだろう。

辛《つら》いのは俺だけではない。お義母さんも一緒だったのだ。

だからきっとお義母さんは、大輔の中に陽子を探していて……。

「ありがとう、浩さん……」

最後に電話を切るまでの間、お義母さんはずっと陽子の話をしていた。きっと話す相手がいなかったのかもしれない。それは俺も一緒だったから、その気持ちがよく分かって、思いがけず長い電話になってしまった。

「……」

受話器を置いて、お義母さんに言われたことを改めて考える。

俺は、最初の提案に本気で答えたつもりだ。大輔と一緒にこのまま二人で暮らす覚悟は出来ていた。でも、ほんのわずかに揺らいだ自分がいたのも確かだ。大輔にとっての、正しい選択はなんなのだろうか——。

大輔は今、俺にはよく分からない行動を続けている、勝手に一人で外へ飛び出し始めたのだ。それが、もしも俺と一緒にいることを拒んでいるのだとしたら……。

「く……っ」

そう思うと、お義母さんの言葉が痛いくらいに突き刺さる。

俺は、一体どうすれば……。

春風亭を再開させるかどうか、それがつい最近までの悩みだった。でも、また新たな悩みが降って湧いてくるなんて思わなかった。春風亭を再開するにせよ、しないにせよ、大輔の問題も一緒に考えなければいけないのは確かだ。春風亭を再開させれば間違いなく今より大輔と一緒に居られる時間は少なくなるし、大輔に寂しい思いをさせることも多くなるだろう。

——けど、春風亭を諦めれば大輔との時間をもっと作れるだろうか。ただ、他の仕事をやってうまくいくかは分からない。今までも料理人しかやってこなかった。それに春風亭は陽子との思い出がいっぱい詰まった場所だ。陽子は春風亭が、これから百年先まで続くようにしようって言っていて——。

「……もう、どうすればいいんだ」

本当に、もう自分でも分からなくなっていた。

色んなものに板挟みされて、出口のない迷路の中に追い込まれてしまったかのようだった。

「くそっ……」

なんでまた今涙が出てくるんだ。

悲しい涙なのか、それとも悔し涙なのか、自分でも分からない。

ただ、訳が分からなくなって溢れた感情が、水分になって体の外に出てきた気がした。

「——そこに愛はあるのかい？」

つけっぱなしにしていたテレビから、また、江口洋介の声が聞こえてきた。

きっと、陽子がいたらその台詞も真似《まね》していただろう。

——ねえ浩君、そこに愛はあるのかい？

そう言って笑った顔が、鮮明に浮かび上がった。

「陽子……」

会いたい――。

「陽子………」

会いたい――。

◇

次の日も、なにをするにも気が乗らなかった。というか、ずっと頭の中に考え事があって、集中出来なかった。大輔には仲直りも兼ねて春風亭で出していたアジフライを再現して作ってみたけど、店で出していた黄金アジフライと呼ばれたようなものにはならなかった。ただ大輔が残さず食べてくれたのは、唯一嬉《うれ》しかった。でも、喜べることなんてそれくらいしかなくて、後はやっぱりずっと頭の中に悩みが渦巻いている。家にいると昨日のことを思い出してしまいそうで、日が大分傾いてから外へと出た。

けれど家を出て、港のフェリーサービスセンター前あたりに着いた時に、失敗したと思った。

いつも見ている何気ない光景なのに、その時ばかりは駄目《だめ》だったのだ。

久里浜行きのフェリーに乗るために順番待ちをしている車の列。

その周りを歩くゴルフバッグを背負った大人たち。

ソフトクリーム店の前に並ぶカップル。

小さな男の子を真ん中にして手を繋いで歩く若い夫婦——。

観光のお客さんたちとは違って、今この金谷の町に住んでいるのは自分のはずなのに、それなのに自分の居場所がどこにもないような気がした。

もうどうしてもいたたまれなくなって、逃げ出すように春風亭の駐車スペースになっている店の裏手側に回る。

でもそこまで来たのは、一番の失敗だった。

あまりにも綺麗な夕焼け空が目の前にあったのだ。東京湾上に宝石のように光り輝く夕日が浮かんでいる。この時間帯、ここに来るのは最近ずっと避けていた。こんな綺麗なものを見てしまうと、どうしたって無性に涙が出てくるからだ。

もう充分泣いた。陽子が亡くなった時に、もう涸《か》れるくらい泣いたのだ。

夕日を睨《にら》んだ。

今は茜《あかね》色の空が大嫌いだったから——。

「あっ……」

そんな時、ある男の姿を見かけた。

そして今、ある意味一番会いたくない相手だった。

「どうも」

総合係だ。相手から先に挨拶されたので無視する訳にはいかない。それに今は気を張って話さなければ駄目だ。ひとたび気を抜けばまた涙が出てきそうだったし、こんな奴《やつ》相手に泣き顔なんて見せたら、たちどころに春風亭はぶっ潰されてしまう可能性だってあったからだ。

「……よう、相変わらずヘアースタイルが決まってるな、前から思ってたけどそのくるくるの頭が『サイモンとガーファンクル』みたいで格好いいよな」

思いきって皮肉まじりの冗談をぶつけてみた。これで今日は俺が主導権を握るつもりだ。

ただ、総合係は冷たい態度のまま淡々と答えた。

「サイモンとガーファンクルではなく、ガーファンクルですね。パーマ頭はそっちだけですから」

「……なんだよ、よく知ってるじゃねえか」

冗談については無視されると思っていたけど意外な反応だった。それにサイモンとガーファンクルについてもそんなに詳しいなんて。

「中学生の頃に初めて買ったレコードがサイモンとガーファンクルでしたから」

総合係の言葉に思わず驚いた。

「嘘だろ、俺と一緒だ。俺が買ったのは『サウンド・オブ・サイレンス』だぞ。映画の『卒業』観てから買いに走ったんだ」

「私が買ったのは『動物園にて』でしたね、卒業を観るよりも先に知っていたので」

間違いなく同年代のセレクトだった。しかも微妙に「私の方が先に知ってましたよ」と主張しているのが若干《じゃっかん》鼻につく。

「……総合係さんって何歳？」

「四十歳です」

「……嘘だろ、俺と一緒だ」

さっきと同じ言葉が出た。

近い年代かなとは思っていたが、まさか同い年なんて思わなかった。ということは俺と陽子と総合係の三人はみんな同い年ということになる。

「……ってか、そういえば名前は？」

年齢よりももっと前提のことを知らなかったのを今になって思い出した。

「椿屋《つばきや》誠《まこと》です、『愛と誠』の誠です」

サイモンとガーファンクルに続き、これまた懐かしいワードが飛び出してきた。

「大学の時に流行《はや》ったよなあ、愛と誠。『きみのためなら死ねる』ってな」

「そうですね、それは岩清水《いわしみず》弘《ひろし》の台詞ですが」

またもや冷静なツッコミだ。ただ思いがけない昔話になって、初めてこの男とまともな会話が出来た気がした。

「そうだったんだな、全然知らなかったや……」

というか、初めてこの総合係の中身を知ったのかもしれない。

「岩清水弘の台詞だと知らなかったんですか？」

「ちげえよバカ、愛と誠のことじゃなくてあんたのことだよ」

でもやっぱり会話のテンポは合っていない気がする。今のもボケなのかマジなのかが分からない。この港で過ごしているとみんなサクラさんみたいなとぼけた感じになってしまうのだろうか。

ただ、総合係とこんな風に話したということ以前に、こんな風に同年代の相手と喋ったのも久しぶりだった。

こういう話をするのはずっと陽子が相手だった。

同い年だから、昔の懐かしい話をするのにはもってこいだったのだ。

――なんでだろうな、懐かしいってのはいい。

他ではなにか言い表せないような感覚な気がする。

それを味わうには、きっと同世代の相手と話すのが一番手っ取り早いのだろう。

この場に陽子がいればきっと盛り上がったはずだ。春風亭で飯でも食いながら話したらもっと話に花が咲いたかもしれない。思えばそうだ。そんな光景が、目の前の春風亭の中でも繰り広げられていたんだ。

お店の中はお客さんで溢れていた。

活気に満ちていて、その中心で踊るようにみんなの間を行き来していたのが陽子だった。

それで時々大輔も水を運んでくれたり皿を洗ったりしてくれて、人が少なくなった時にはホールで何やら秘密の話をするみたいに二人でノートに絵を描いたりしていた。俺はそのノートの中身を見たことはなかったけど、なんだか二人はとても楽しそうで、「これから大輔もお店の手伝いたくさんするんだもんね」なんて言って笑ってた。そんな光景を厨房の特等席から眺めるのが、俺は大好きだった——。

「……大丈夫ですか？」

総合係が、初めて心配げな口ぶりで俺の顔を見て言った。

「はっ？」

なぜそんな言葉が出て来たのか最初は分からなかった。

でもすぐに気づいた。

「あっ」

また、涙が零れていたのだ。

「ち、違う、これは！」

すぐに服の袖で拭う。泣き顔なんて見られる訳にはいかない。

「……別に違わないと思いますが」

「違うんだ、泣いてなんかねえ、そもそも男なら泣くなって親父《おやじ》から教わったんだ！　だから今も泣いてなんかねえ！」

「きっと男でも泣いていい時代がすぐにくると思いますけどね」

「そんな訳あるか、男は泣いたらだめなんだ……！」

でも、そう言っているうちにもう一粒、勝手に涙が零れてきた。

「くそっ……！　だめだ、もう最近は馬鹿になってやがる……」

せき止めようとしても無駄で、壊れた蛇口みたいに涙が零れ落ちてくる。

よりによって、この総合係の前で泣きじゃくるなんて……。

「陽子のことを思い出すと、もうだめなんだ……」

――言葉も、溢れ出てきた。

「それに、俺には、もうよく分からねえんだよ……」

もう、止まらなかった――。

「……何がですか？」

「何もかもだよ。店のことも大輔のことも、陽子が亡くなってから全部分かんなくなっちまった……。時間が解決してくれるなんてよく言うけどよ、これからそうなるなんて、ちっとも思えねえんだ。俺は結局、いつまで経っても陽子を失った悲しみから立ち直ることが出来ねえ……」

思いを吐き出した。ただの本音をぶちまけたようなものだった。

そして、俺の言葉を聞いて総合係は、「そうですか」とお決まりの言葉を口にした。

「……悪かったな、こんなつまらない話してよ」

もうやめよう。こんな四十男の身の上話なんて誰も聞きたくもないはずだ。

——でも、そこで総合係は意外な言葉を口にした。

「いえ、別に私はかまいませんでしたが」

「えっ？」

「遠く離れた他人だからこそ、話せることもあると思いますから」

「……」

そんな言葉が、この男の口から飛び出してくるなんて思わなかった。

それに、まだその言葉には続きがあった。

「……それに、出会ったことを後悔したりはしていませんよね？　いつまで経っても奥さんを失った悲しみから立ち直ることが出来ないとは言いましたが」

「出会ったことを、後悔……」

そこまで口にしてから、俺は首をぶんぶんと横に振った。

──していない。

そんなこと決して思ってはいない。

陽子を失った悲しみはとてつもなく大きかったけれど、それでも出会ったことを後悔したことなんて一度もなかった。

陽子と出会えて、俺は本当に幸せだったんだから──。

「……ありがとよ、総合係さん」

この男に、初めてまともに礼を言った気がする。

ただそこで総合係は小さく首を振った。

「いえ、今のはある人からの受け売りの言葉なので」

「なんだ、そうだったのか……」

総合係の言葉にしては気が利きすぎてると思った。でも誰の受け売りかは知らないが、今その言葉を俺にかけてくれたことが嬉しかった。だからお礼の言葉は、心から純粋に出てきたのだ。

「……こんな風にあんたと話せる日が来るなんて思わなかったよ。血も涙もない意地悪な奴だと思ってたから」

俺がまた冗談でそう言うと、総合係がきっぱりと言った。

「血も涙も外側に見えていないだけで、ちゃんと内側にありますよ。それに私だって何か意地悪をしたくて言っていた訳ではありませんし、上から言われたことを伝えていただけですから」

「そうだったか……」

俺もまだこの総合係のことをよく分かっていなかったのかもしれない。春風亭が出来たのと同じくらいのタイミングで一人でここに来たと聞いていたが、ここに来る前は何をしていたのだろうか。俺と同じ四十歳なのだから、今までにも色々あったのだろう。結婚とかはしていたのだろうか、それに前の仕事とかも……。

「そういえば、総合係さんはここに来る前は……」

俺が話を続けようとしたその時だった——。

「あら、珍しい組み合わせね」

「なんだ、堂島《どうじま》さんか」

声をかけてきたのは、春風亭にもよく来てくれている常連の一人の堂島さんという女性だった。確か年齢は五十過ぎで、この町に住んで十数年になる人である。いつも上品な雰囲気を漂わせていて、陽子も「あんな風に歳を取りたい」と言っていたのを覚えている。

「あれ、大ちゃんは一緒じゃなかったの？」

珍しくきょとんとした顔で堂島さんが言った。

「大輔？　大輔なら家にいるはずだけど……」

そう言いながら、嫌な予感がよぎった。

「えっ、だって私がさっき浜金谷駅から帰ってきた時に家を出て行ったみたいだから」

その予感は、的中していた――。

「それって、いつ⁉」

「二十分くらい前よ」

「……結構前じゃねえか、くそっ！」

その瞬間、走り出す。

「探してくる！　他の人にも声かけてみてくれ！」

「分かりました、必要とあれば警察にも」

総合係が返事をして、堂島さんは呆気《あっけ》にとられた様子だった。

大輔の奴……、また勝手に家を飛び出しやがった。

あんなに言ったのに。

それなのに、また家を出てしまうなんて……。

「……くそっ！」

なんでだ。

そんなに俺が嫌か……。

いや、でも違うか。

嫌な奴の作った飯なんて食いたくねえよな。

でも、そしたら他に何か理由があるのだろうか。

例えば、その理由は俺と似ていたりして――。

「大輔ー！」

「どこにいるんだー！」

――大輔も、この町のどこかにまだ陽子を探していたりするのだろうか。

この町の中には陽子を思い出してしまうところがあまりにもいっぱいあるのだ。

一緒に遊んだ海沿いの公園。

一緒に夕日を眺めた金谷港。

一緒に食べた鰆屋の海鮮丼。

一緒に乗った国道127号を走るバス。

一緒に歩いたロープウェーまでの海岸線の通り。

一緒に過ごした春風亭の店の中。

まだこの町のどこかに陽子がいるような気がする。

その気持ちは俺にもよく分かるんだ。

だから、大輔も俺と同じことを考えていて、それで陽子のことをずっとこの町のどこかに探していて――。

「大輔ー！　どこだー！」

でも今は、そんなことは関係ない。

ただ、大輔のことが心配だった。

このまま本当に行方が分からなくなってしまうかもしれない。

探し回っている間にすっかり日が落ちて、もう辺りは暗い夜の色に染まっていた。

大輔も一人で心細いはずだ。

早く見つけてやりたかった。

そうでもしないと、陽子のようになにか事故に巻き込まれる可能性だって——。

「嫌だ……」

想像しただけでも絶対に嫌だ。

もう、失いたくない。

誰か、大切な人を失いたくなんてないんだ。

これ以上の別れはもう、俺には耐え切れそうにない。

今だって馬鹿みたいに壊れた瞳から涙が出続ける毎日なのに、これで大輔までいなくなったらもう俺にはなんにもなくなる。春風亭を続ける意味だって本当になくなってしまう。

そんなの、嫌だ——。

「……大輔ー！」

声は返ってこない。

どこにも大輔の姿は見つからない。

――でもその時、ある白い花が視界を包みこんだ。

「ハクモクレン……」


少し狭い通りに入った瞬間だった。

木蓮の花が咲いていた。

いつの間にか、俺はハクモクレンの花が咲く場所にやって来ていたのだ。

木にはまだいくつかの花が残っていて、そして地面にも落ちている。

その木蓮の涙のように転がった花を見て、亡くなる寸前にも陽子は大輔と一緒にここに来ていたのを思い出した。

あの時はまだハクモクレンの花は咲いていなかったんだ。

次に来るときは、「浩君も楽しみにしててね」と言っていたけど、このハクモクレンの花を見せたかったのだろうか。

けど、それすらも叶わなかった。

来年も、その先も、未来に思い描いていたことが、一瞬にして奪われてしまった――。

「あっ……」

でも、その時だった。

木蓮の木はこの一本だけではなくて、この通り沿いにいくつか植えられている。

その先に、ある姿を見つけた。

暗がりの中の間隔の空いた街灯。

地面に落ちたハクモクレンの花。

生温かい春の風。

かすかな花の甘い香り。

そして――。

「――大輔っ！」

――大輔がいた。

ハクモクレンの花を拾っている。

十メートルくらいの距離を駆け抜けた。

今までにないくらいの速度でまっすぐに。

それから、抱きしめた。

「どこに行ってたんだ、本当に……！　心配したんだぞ！」

よく見ると、大輔の服は汚れていた。膝も擦りむいている。でも泣いてはいない。

そういえば最近は大輔の涙を見ていなかった。陽子がいた時は小さな段差で転んでは泣いたり、欲しいものが買ってもらえなければ駄々《だだ》をこねて泣いたりしていたのに。

けれど、今は夜に一人でこんな場所にいたのに涙の一つも見せていなかったのだ。

「大輔、お前今までどうして……」

一体、どこで何をしていたのだろうか。

大輔はまっすぐに俺のことを見つめていた。

その様子は、今までとは別ものだ。

なにかまっすぐな強い意志が見てとれる。

そして今度は大輔は、ちゃんと俺の言葉に答えてくれた。

「……さがしてた」

「えっ……」

そう言って、大輔はあるものを差し出した——。

「これは……」

だいぶ使い込まれた一冊のノートだった。

そのノートには見覚えがあった。店が空いている時に、二人で絵を描いたりして遊んでいたノートのはずだ。でも俺はそのノートの中身を見たことがない。それに、なんで大輔がこんなに必死になって、このノートを探していたのかが分からない。

ただ、街灯の明かりに照らされて、そのノートの表紙に記された文字を見た時、理由が分かった気がした。

「春風亭ノート……」

――陽子の字だ。

少しだけ丸みを帯びた見慣れた文字。

これはただのお絵かきで遊んでいたノートではなかった。

「こんなものが……」

壊れ物に触れるかのようにゆっくりとページをめくる。

そして、そこには文字通り、春風亭についてのことが、陽子の言葉でことこまかに書かれていた――。

『開店の時はまず玄関から掃除、それからテーブルに椅子と隅々まで。どんなに美味《おい》しくても綺麗にしておかないとお客様は来てくれないからね』

『一番人気はアジフライ、小麦粉に米粉を混ぜて身の方から油に入れる。浩君によるとただ揚げるのではなくて油の膜で蒸すようにするのが美味しくするコツらしい』

『堂島さんのお茶はぬるめに、でもお友達の畑中《はたなか》さんのお茶は熱めに』

『夜の営業に向けておつまみメニューを充実させる作戦を考えよう。テイクアウトももうすぐ始めなきゃ』

『浩君の好物はカレー。大輔のお気に入りは甘い卵焼き。私はやっぱりアジフライかな。衣はさくっさくで、中身はふわっふわの浩君の作るアジフライが大好きだもん』


「陽子……」

字から温《ぬく》もりを感じた。

陽子がどれだけ春風亭を大切に想ってくれていたのかが分かった。

それに、陽子は本気で思っていたんだ。

──春風亭を百年先まで続くようにしようって。

「あ、あぁ……」

思えばこのノートを書いていた時、「これから大輔もお店の手伝いたくさんするんだもんね」と陽子が言っていた。

大輔に春風亭のことを伝えるためにこのノートを作ったんだ。

そして大輔はこのノートの存在を知っていた。

それで一人で、ずっとこの春風亭ノートを探していたんだ──。

「ぼく、おかあさんの、いきそうなところ、さがしてたんだ……」

大輔が、小さな声で言った。

「おとこはないちゃだめだっていってたから……」

その瞳はまっすぐに俺を捉えている。

「なかないようにがまんしてて……」

俺は、この瞳とそっくりなものを知っていた。

「しゃべったらすぐになみだがでてきちゃいそうで、だから……」

陽子だ。

「ずっと、がまん、してたんだ……」

――ずっと探していた陽子が、大輔の中にいた。

「大輔……ッ！」

次の瞬間、大粒の涙がぼろぼろと零れ始めた。

俺は思いっきり抱きしめた。

さっきよりもきつく、ぎゅうっと。

「ごめん、ごめんな、大輔……」

――俺は、なんて馬鹿だったんだろう。

ずっと勘違いをしていた。

全然大輔の気持ちを分からないでいた。

ダメな父親だ。

泣いてばかりだった。

俺なんかよりも、よっぽど大輔の方が強い男じゃないか——。

「偉いぞ大輔……、お前は本当に偉い……」

大輔の頭を撫《な》でて、もう一度抱きしめる。

ここにちゃんと愛はあった。

俺の腕の中に愛の塊があった。

俺はもう二度と、この手を離してはいけない。

——すると大輔はそこで、まだ言いたいことがあるかのように、腕の中から顔を出して空を指さして言った。

「おとうさん、みて」

「あっ……」

そこには、木蓮の花しかないと思っていた。

わずかに枝に残ったハクモクレンの花。

でも、それだけではない。

「桜……」

隣にまだうら若い桜の木が植えられていた。

わずかながらの花を咲かせている。

こんなところに桜の木は、俺が一年前に来たときはなかったはずだ。

でもその瞬間に、陽子の言葉を思い出した。


――浩君も、楽しみにしててね。


陽子は笑ってそう言った。

きっとサクラさんが、ここに桜の木を植えたのを知っていたのだろう。

だから、この光景を見せたくてそう言ったんだ。

「……大輔、来年も、これから先も、……ずっと一緒に見に来ような」

隣同士、一緒に並んで咲くハクモクレンと桜の花がそこにはあった――。

◇

季節は初夏を迎える頃になって、春風亭の再オープンの日を迎えた。前途多難の道のりではあったけど、陽子のお義母さんもこっちに来て手伝ってくれたり、同じフェリーサービスセンターで働く職員も手を貸してくれることになって、なんとかこの日を迎えられた。

大輔が小学校にあがるまでは昼のみの営業になるが、もう少し経ったら夜の営業も始めようと思っている。幅広いお客さんに向けてテイクアウトもいつかは始めるつもりだ。

春風亭ノートは、港からも離れた隣の駅近くの喫茶店に忘れ物として置いてあったらしい。時々うっかりしたところがある陽子らしいミスだった。それを察して探し当ててくれた大輔は結構なしっかり者なのだろう。

「これから大輔にも手伝いたくさん頼むからな！」

「うん、これも修行だからね！」

大輔が胸を張って答える。その言葉は最近観ているドラゴンボールのアニメから学んだらしい。一時は、「僕、コックさんじゃなくて、スーパーサイヤ人になる！」と言い始めていたが、最近また将来の夢はコックさんに戻ったので一安心だった。

「おっ、船が来たな」

フェリーが音を立てて湾内に入ってくるのが見えた。それと同時にフェリーサービスセンター内に総合係も入って行く。乗下船口でお客さんを待ちかまえるつもりなのだ。

そういえば前に春風亭を再開すると宣言した時に総合係からは、「そうですか」とだけお決まりの言葉が返って来た。てっきり少しは喜んで、応援くらいしてくれるかと思ったけど、拍子抜けの反応だった。

ただ、俺はそんな総合係の意外な一面をつい最近見かけた。ゴルフバッグを持って船から降りてきたお客さんにこのあたりで飯の美味《うま》い店を尋ねられて、「今度再オープンする春風亭のアジフライ定食はおすすめですよ」と答えていたのだ。

素直じゃない奴だ、でもあの無愛想な総合係らしいといえばらしいのかもしれない。まだまだ俺の知らない一面もあるのだろう。これからそんな深いところまで仲良くなるかは分からないが、なんだか長い付き合いになる気だけはしていた。同じ港で働き続けるのだからそれも当たり前だろうか。

「……さあ、そろそろ準備をしなくちゃな」

そう言って大輔と一緒に春風亭に向かって歩き出しながら、今日に至るまでにあった色んなことを思い出していた。

さまざまな出会いがあって、それと同じくらい、いや、それ以上に大きな別れもあった。でも、今隣には大輔がいてくれる。

——きっと、俺は大輔がいなかったらだめだったと思う。

陽子との別れの辛さから立ち直ることなんて決して出来なかった。

だけど、陽子と一緒に大輔も俺と出会ってくれたから、その悲しみを少しずつ乗り越えられたんだ。

だから陽子……。

これから、俺と大輔の二人で頑張ってみるよ。

春風亭を、百年先まで続くようにしてみせるからさ――。

「よしっ大輔、今日からまた気合い入れて行くぞ！」

「うん！」

「せーの……」

こう言って手をぎゅっと握って前に出した時は、桜木家の新しい掛け声の合図だ。

「はひふへー……」

そう言って一度溜《た》めを作ってから、一緒にかめはめ波を空に放つみたいに高々と手を上げる。

「ほー！」

桜木家だけにしか分からない、奇妙な掛け声が辺りに響いて、春風亭の新しい一日が始まった――。

第二話　白鳥の海

テレビに映る美しい白鳥に憧れた。

だから、私はこの町を出た。もう二度と戻って来ないはずだった。

全部リセットしたつもりだった。

でも、今また戻って来てしまった。高校を卒業したあの日、そう決めたはずなのに。

「聞いてよー、うちの旦那《だんな》休みはゴルフばっかりでさー」

「なに言ってるのよ、スポーツならまだマシでしょ、うちの旦那はパチンコばっかりだもん」

「似たようなもんだよ、うちはたぶん賭けゴルフだもん、一ホール千円とかで」

「何それマジ？　ありえなくない？」

このお店に入ったのはたまたまだった。港まで来た時、今までなかった定食屋を見つけて思わず足が向いたのだ。そしたら運悪く高校の頃の同級生の二人と鉢合わせして、プチ同窓会のようなものが始まってしまっていた。

「ありえないよ、ゴルフの会員権だっていまだに離さないし」

「無駄遣《むだづか》いでしかないね、ちょっとどこかできつめに言った方がいいよ、もう」

そこで一度間があって飲み物に手を伸ばす。二人は高校の頃から変わらない喋《しゃべ》り方《かた》で、昔と大して変わらない内容を話していた。以前は旦那の部分が彼氏だっただけだ。

このままの会話が続くのはあまりにも苦痛だったので、状況を見計らって違う話題を投げてみる。

「……そういえば、長野オリンピックの盛り上がり凄《すご》かったね、日の丸飛行隊の原田《はらだ》に船木《ふなき》のジャンプ、次のシドニーも楽しみ」

今年の二月に長野オリンピックがあった。それからもう半年以上が経《た》っていたけど、それでもまだ私の興奮は冷めやらぬものがあった。

「あぁなんか、『ふなきぃ〜』ってやつね、ってか最近オリンピックやりすぎじゃない？前は四年に一度じゃなかった？」

「確かに、なんか多い気がする」

「……一九九二年のバルセロナの頃までは夏季大会も冬季大会も同じ年にやってたんだけどね、その次から二年毎に夏季と冬季を分けてやるようになったのよ、九四年はリレハンメルで冬季オリンピックが行われて、それから次の二年後にアトランタがあったから」

「リレハンメル？　どこそれ？　初めて聞いた」

「ってか一九九二年って六年前か、うちらまだ二十二歳じゃん、若いなー」

「いや、大して変わんないから」

そこで一笑い。

夜になって、お店の中も酒を飲んでいる人が多いから迷惑になっていないのがせめてもの救いだ。

お店はとても繁盛している。でもそれも納得だ。食事がどれもこれも美味《おい》しいのだ。特に気に入ったのはアジフライ。もう会話の流れを変えるのも不可能だとはっきり分かったので目の前のご飯に集中することにする。

「二十二ってまだ旦那の前の前のそのまた前の人と付き合ってた頃だなー」

蛸《たこ》の唐揚げも美味しい。

「どんなペースで付き合って別れてんのよ」

じゃがいもの明太子《めんたいこ》焼きも絶品だ。

「オリンピックのスパンより早いのは確か」

もう一笑い。

「あーあの頃に戻りたいなー、まだ結婚してないで自由な真由美《まゆみ》が羨《うらや》ましいよ」

次は冷やしトマトに箸《はし》を伸ばそうとしたところで突然話が飛んできた。

「真由美は今彼氏はいないの？」

「いないね」

「結婚とか考えてないの？　三十歳までに子ども欲しいなら来年には結婚しないと間に合わないよ」

「確かにそう考えるとまずい気がしてきた、ってかもう手遅れかも」

私が自虐《じぎゃく》っぽく言うと、そこでもう一笑い起こった。

勝手な逆算をして、人生プランを考えられるのにいい気はしないけど、別にここで波風を立てる気はない。この場限りの雰囲気に合わせておけば充分だ。

「でも真由美は綺麗《きれい》なままで変わらないからいいよねー」

「本当にそれ思った、髪も綺麗な黒髪のままで、山口智子《やまぐちともこ》みたいだし、それに体型も全然崩れてなくて変わってないもん」

それから二人は、産後に体型が変わったことをお互いに話し始めて盛り上がっていた。

私に今向けられた『変わらない』って言葉と、私がさっき心の中で向けた二人への『変わらない』という言葉はまったくの別物だ。

私は努力を積み重ねて、変わらないままでいる。

二人は努力を怠って、変わらないままなのだ。

ただ、今ここで努力なんて言葉を出したら、もう一笑い起こしてしまうだろうから言うこともない、そんな笑いは求めていなかった。

もう適当な理由をつけてとっととここを去ろう。

そう思っていたところに、大きな災難がやって来た。この場から逃げ遅れたのは明らかだった。

「真由美じゃん、戻って来たのかよ」

ニヤッと笑みを浮かべて私の名前を呼んだのは河田《かわた》だった。

……最悪だ。河田は私の高校の頃の元彼だ。といっても付き合った期間は高校二年の頃に二、三週間程度。しつこく交際を迫られて、それでお試し期間のようなもので付き合っただけだ。それなのに卒業するまでいつまでも俺の女のような風を吹かせていた。出来ることならこの町で一番再会したくない相手だった。

「久々に一緒に飲もうぜ、同窓会みたいなもんだ」

河田も友人を一人連れていた。高校の頃の同級生だ。私以外の四人は慣れた様子で会話を始める。きっとこの四人はいつも会っているのだろう。

それから何度も話しているのであろう高校時代の昔話が始まった。鉄板ネタのように一つ一つに笑いのオチがついて、みんなでその話をするたびに笑っている。

私も笑った。そうしている方が楽だったから。

「真由美は結婚してないのかよ？」

でもその私の態度を勘違いしたのか河田から言葉が飛んできた。

「してないよ。別に付き合ってる相手もいないし、今はまだいいかなって」

次に来るであろう質問に答えるのが面倒なので先に答えた。でもそれをまた河田は勘違いしたみたいだ。

「へえ、そいつはいいや、俺と一緒だな」

何がいいのかまったくもってよく分からない。だからその言葉は周りの喧騒《けんそう》にかき消されて聞こえない振りをした。

すると、河田がまた質問をぶつけてくる。

「真由美は今までどこにいたんだよ」

「東京とか」

だいぶアバウトに答えた。でも河田にとってはそれで充分だったみたいで、勝手に話を広げ始める。

「東京か、いいもんだな、巨人もヤクルトも強いもんな、それに引き換えロッテは本当に弱いからな」

急に野球の話に話題が飛んだ気がしたけど、そういえば河田は中学まで野球をやっていたのを思い出す。高校はその練習のキツさに音を上げてすぐ辞めてしまったみたいだけど。

「今年のロッテは十七連敗したんだっけか？」

隣の友人の言葉に、食ってかかるように河田が言った。

「ちげえよ、十八連敗！　セパ両リーグ合わせても史上ワーストのどうしようもない最低記録だよ」

「野球の話分かんないからもういいって」

「しかもセパってなに？」

女性陣が声をあげる。

「分かんないなら黙ってろ、とにかくロッテはクソ弱いってことだよ」

そう言って河田が勢いよく酒を飲んだ。勝手に野球の話を始めて勝手に機嫌が悪くなっている。

「俺はもうロッテみたいな弱小球団は地元だろうがなんだろうが応援しない、やっぱり強いのがいい。巨人が一番だ」

なんだかもう心底帰りたくなってきた。またこれでいつ私に質問が飛んでくるかも分からない。だけど会話がなかなか止まらないから外に抜けだすタイミングも見つからない。

ただそこで、思わぬ方向から声が飛んできた。

「そんなこと言われてもよお、俺はロッテを応援し続けるけどなあ」

そう言ったのは、この定食屋の店主だ。壮年の顔つきだが、まだ若々しくも見える。そのはっきりとした物言いは、河田に対しても物怖《ものお》じしていないようだった。

「それと、梅ささみ揚げ、お待ち！　熱いからお気をつけて、でもお熱いうちにどうぞ！」

追加のメニューをさっと置いた時に、河田が言い返す。

「勝手に応援してればいい、どうせ優勝なんて出来ないからな」

「言ったな、じゃあもしもロッテが日本シリーズを制して、日本一のチームにでもなった暁にはお客さんどうするよ？」

「そんなことありえる訳ないだろ、妄想もいい加減にしてくれ」

「ありえたらって話よ」

「じゃあもしもそんなことが万が一にでもありえたら、駅前で裸でソーラン節《ぶし》踊ってやるよ、期限はたっぷり十年間待ってやってもいい」

「面白え！　こいつは勝負だね！　じゃあ十年経っても日本一になれなかったら今度は俺が駅前で裸でソーラン節踊ってやるよ！」

「おう、ここにいる奴《やつ》ら全員証人だからな」

「望むところよ！」

店主さんがワクワクを抑えきれないように言った。それからも話は盛り上がって、周りの人たちにも飛び火する。「どちらにせよ十年以内にバカが一人見られる訳だな」とどこかから声が聞こえてきて「今バカって言った奴誰だ⁉」と河田が声をあげた。それを隣の友人が抑えて、でもこんなのも日常茶飯事のようで、他の女子二人は笑っていた。

私にとっては今の状況の方が好都合だった。どさくさに紛れて、一旦店の外へと出る。

会計のこともあるからまた店の中に戻ることになるけど、今はほとぼりが冷めるまで待ちたかった。次に戻った時にはさっさとその場でお金だけ払って去ろう。一旦話が途切れたのはラッキーだった。流れを変えてくれたのはあの店主さんに間違いないけれど。

「ふう……」

フェリーサービスセンターの外まで出ると、夜の海が佇《たたず》んでいた。

海上にポツポツと光っている船の明かりよりも遥か後方に、対岸の神奈川の街の明かりが小さく見える。

フェリーに乗れば四十分程度で着くはずの対岸の明かりが、今はとても遠くかすかなものに感じる。海から吹く十月の風はどこかもう冷たくて、その冬すら間近に感じさせる風に対岸の明かりが飛ばされて消えてしまいそうなほどだった。

朧《おぼろ》げな街の明かりはなにかに似ている。

でもそれが何かまでは、今は分からない。

「……」

私はこの町が嫌いだった。

この鼻につく潮の匂いが嫌いだった。

それに、この町に住む私を知っている人たちのことが嫌いだった。
でも今はここに戻って来てしまった。
スタート地点に戻されて、リセットされてしまったのだ――。

◇

ずっと、バレリーナになりたかった。子どものころにとあるバレエ団の『白鳥の湖』の公演をテレビで観た。白鳥のオデットと黒鳥のオディール。その正反対の役を一人二役で踊りきるバレリーナの姿に憧れた。

地元の金谷《かなや》にはバレエを習う場所なんてどこにもなく、神奈川の久里浜《くりはま》にあるバレエ教室に通わなければならなかったけれど、久里浜には金谷から出ているフェリーに乗ればすぐに行けるから丁度良かった。最初の頃は母がいつも一緒についてきてくれて、小学校の中学年に上がる頃には一人でフェリーに乗って通うようになった。

私はフェリーの中では、二階の甲板《かんぱん》のところが好きだった。一番上の三階のところまで上がると人が多くなってしまうけれど、二階のそのエリアは空が上まで開けてないからそんなに人気がなかったのかもしれない。屋根の一部がステンドグラスになっている場所があって、その下でこっそりと人目につかないようにバレエの練習をするのが好きだった。

レッスンの日はそこで予習と復習をするのが私の日課になった。

それからいつの間にか将来の夢がバレリーナになったのは、野球教室に通っていた少年が野球選手を目指すくらいにごく自然なことだったと思う。実際にその才能を認められたことも大きかった。久里浜の小さなバレエ教室の中でも私の実力は抜きんでていて、先生も熱心に指導してくれたのだ。それから中学、高校と地元の学校に進んだ。本当は留学したかったけど、経済的な面で諦《あきら》めた。高校はバレエに打ち込むためにも、わざと第一志望ではない倍率の低い学校に進学した。フェリーの上での自主練習と、久里浜のバレエ教室でのレッスンに打ち込む毎日だった。

ただ、高校生の間にいくつものコンクールに挑んだが、望むような成績をおさめることは出来なかった。

夢は諦めたくなかった。一人、私はこの地を離れて上京することを決意した。

東京に出て、バイトをしながら、夢を叶《かな》えるためにバレエに打ち込んだ。サマースクールに通い、バレエ団の試験をいくつも受けた。その中でとある入団試験に合格してようやくバレリーナになることが出来た。

でも、バイトを辞められるような生活にはならなかったし、大した役をもらうことも出来なかった。幼い頃に思い描いていたような華やかなバレリーナからはどんどん遠のいている。オデットにもオディールにも、何者にもなれなかった。

夢を諦めるタイミングはいつも目の前にあった。崖《がけ》の縁《ふち》に片手でつかまり続けているようなものだった。もがき続けていた。夢を追い始めてからずっと苦しかった。そして夢を叶えてからもこんなに苦しいのかと思い知らされた。体は既にボロボロで、怪我《けが》が治る前にまた新たな怪我を負う日々の連続だった。そして、気づけばいつの間にか二十八歳になっていた。バレリーナの道を諦めるにはちょうどいい、いや、遅すぎるくらいの年齢だった。そして、私は夢を諦めた――。

最初はそのまま東京に残るつもりだった。ただ経済的な面も含めて一時的に実家に帰らざるを得ず、ここに戻って来た。貯金ももう底をつく寸前だったのだ。

「はぁ……」

思わずため息もでる。昨日の夜はあの定食屋を出て家に帰って来てから、母親と喧嘩《けんか》をしてしまった。「これからどうするの?」「結婚は?」「仕事は?」そんな他の人からもさんざん言われたようなことを言われて、ついこっちも「もううるさい!」と言ってしまったのだ。それで朝になってからも口を利いていない。そのまま家にいるのも気まずくて家を飛び出した。また、家に戻ったら何か言われるだろう……。

「はぁ……」

行く当てもないのに家とは反対の方向に歩き続けながら、またため息をついてしまう。

でもその時、後ろから謎の声が聞こえてきた。

「ひふへほー」

……どういうことだろう。意味の分からない単語だ。おそるおそる後ろを振り返ると、そこにはリュックサックを背負った小学生くらいの男の子がいた。

「……なに？」

「ぬねの」

はひふへほ、の次は、なにぬねの……。

「……流行《はや》ってるの、それ？」

男の子は首を横に振る。

「全然流行ってない」

「でしょうね」

一体なぜこんな会話がいきなり始まったのかも分からない。もうそのまま無視して歩き去ろうとしたけど、今度は男の子から逆に声をかけられる。

「これからどこに行くの？」

「どこにってそれは……」

決まっていなかった。というか行く当てなんてない。

ピタリと足が止まってしまった。この町は生まれ故郷のはずなのに、私の居場所なんてなかったのだ。

「……君は、これからどこに行くの？」

「習字教室」

男の子はあっさりと答えた。

「習字流行ってるの？」

「まあまあ流行ってるかな」

これまた淡白な言い方だ。

「一番流行ってるのは？」

「ポケモン！」

そこで男の子が元気よく答えた。今までで一番年相応のあどけない顔になっている。二年前に発売されたゲームだけど、やはりいまだに人気は根強いみたいだ。

「そっか、すごいね、ポケモン」

ただ、そこで男の子が仕切り直すようにもう一度私に尋ねてきた。

「で、お姉さんはこれからどこに行くの？」

私はその言葉に何も答えられない。

だって、行き先は決まっていなかったし、どこにも行く場所はなかった。

そんな黙ったままの私を不思議に思ったのか、男の子は言葉を続けた。

「一緒に来る？」

「はい、じゃあみんな注目、今日はまず『夢』という字をみんなに書いてもらうからね、その後にもう一枚、その夢がなにかを書いてもらいます。なので、最後に計二枚いいのを書けるようにしましょう」

「はーい！」

あたりから、子どもたちの声があられのように飛んだ。

◇

私はなぜこんなところまでついてきてしまったんだろう……。「一緒に来る？」と言われて本当に習字教室までついてきていた。他に行くところがなかったのはもちろんだけど、少しやけになっていたのかもしれない。でもここまで来たらすぐに引き返して帰るつもりだった。それなのに踵《きびす》を返し始めたところで「よかったらあなたもやっていったら？」と先生から声をかけられたのだ。初めこそ物腰も柔らかかったけれど最後には強制的に「まあまあまあ」と筆を持たされて席に座らされたのだ。

先生は周りの子どもたちからは佐代子《さよこ》先生と呼ばれていて、年齢は五十代に差しかかろうかというくらいに見えた。

「はい、これ半紙、足りなくなったら言ってね」

「は、はあ」

私の傍《そば》にきて先生が紙を渡してくれた。もうここまで来たらさっさと書いて終わらせてしまおうと思ったけど、そんな私の考えを見抜いたのか、先生が言った。

「ちゃんと座って筆を使って字を書くと、迷いがなくなったりするものよ」

「迷い……」

まるで私の中に迷いがあることも、先生は見抜いているかのようだった。でも突然現れた小学生の男の子に連れられて習字教室を訪れるなんて、端《はた》から見れば明らかに迷っているように見えただろう。

「そういえば、あなた名前は？」

「……立花《たちばな》です、立花真由美」

「いい名前ね、私は堂島《どうじま》佐代子よ、佐代子さんって呼んでくれればいいから。それじゃあ頑張ってね」

「は、はい……」

ただそのまま強い反抗もせずに従ったのは、やっぱり他に行くところがなかったからかもしれない。隣の子に倣《なら》って正座をしたまま目の前に置いた半紙と向き合った。習字なんて、小学校の授業以来だ。

最初に佐代子さんは、『夢』の書き方についてはなにも言わなかった。他の子にもそうだったし、最初だけは思い思いに書かせるのかもしれない。だから私も自分の思うがままの夢の字を書くことにした。

でも、よりによって『夢』なんて――。

「……ふぅ」

書き始めたらあっという間だった。たったの漢字一文字だ。それなりの字が書けたと思う。ただ、大人になってから覚えた、ごまかしたような見た目だけがマシな『夢』の字になった。

「はい、じゃあみんな注目ー！」

そこで佐代子さんがタイミングよくお手本となる『夢』の字の書き方を説明する。

「この草冠の三画目を高い位置から書いて……、それから次の横にした目はせまく……、ワ冠は一番大きく長く、トメとハネを意識して……、それに時には自分の夢のことも心の中で思い出して……」

そう言っているうちに、佐代子さんの『夢』の字が出来上がった。

そんな言い方をしたのは、ただ字を書いただけなのに、作品が完成したようにも見えたからだ。

美しかった。

とても美しい『夢』だった。

子どもたちもその字に触発されたのか、先程よりも俄然《がぜん》集中した様子で取り組み始める。

私も同じようにした。

姿勢を正して、ただ書くのではなく、完成した作品を作るように。

筆を立てて半紙の上に置く。

まるでバレエのようなつま先立ちだ。

それならこのまま最初の草冠を書き終える三画目までは、アンドゥトロワの流れでいけるだろうか。

きっと、書道にもバレエのようなリズムがあるのだろう。

同じような呼吸があるのだろう。

でも今の私にはそれが見つけられない。

ただ書ききるので精いっぱいだった。

そして、夢の字を書き終えた。

出来上がった、なんて大層なことは言えない。

思い描いたような『夢』を書くことは出来なかった。

私には、
今日の私には、出来なかった。

◇

その後の課題の夢の詳細についてはなにも書けなかった。

周りの子たちは『サッカー選手』『ケーキ屋さん』『パイロット』『アイドル』と思い思いの夢を書いていた。教室の中で書けていないのは私一人だけだった。

私をここに連れて来た男の子が夢についてなんて書いたのかこっそり見てみると、『コックさん』と書いてあった。左下には小さく『桜木《さくらぎ》大輔《だいすけ》』と名前も書かれている。その男の子にぴったりな名前のように思えた。

「またぜひ来てね、来週も同じ時間にやっているから」

帰り際、佐代子さんにそう言われた。私が答えを迷っているうちに佐代子さんは他の生徒に連れられてしまったので、何も言えないまま、その日はその場を去ることになった。

大輔君とその友達と一緒に帰路についていると、途中の公園に入ってベンチを二つ陣取り始めた。そこで何をするのかと思ったけど、みんなリュックからゲームボーイを取り出した。

「ミュウ禁止な」

「なんでだよ」

「大輔、ねむるどくどくのコンボばっかりでずるいもん」

「それも立派な作戦だ！」

ポケモンの話のようだ。そんなことを言いながら、なにやらケーブルを繋《つな》いで対戦を始める。それから輪の中心にいたはずの大輔君が私の傍に来て言った。

「もうみんな全クリしてるから友達同士で対戦してるんだ、通信ケーブル一つしかないから二人ずつでのトーナメント戦でね」

「そ、そうなんだ」

私にルールを説明してくれた。もしかしたら輪の中に入れていなかったのを気遣ってくれたのかもしれない。

「……ポケモンの中に踊るポケモンとかいるの？」

ただ説明をされただけで流してしまっては悪かろうと質問する。

「踊るポケモン？　そんなのいないよなあ？」

大輔君が周りの友達に聞くと、「ポケモン音頭は？」と声が返ってきた。

「いやそれはただの歌の中で踊ってるだけだし」

大輔君はその答えに納得いかないようだ。それに音頭というのは、あまり私の求めていた答えでもない。

「じゃあ跳ぶポケモンはいる？　空を飛ぶんじゃゃなくて跳ねる方ね」

　バレエに関係しているようなキャラがいて欲しくて、そんな質問を重ねた。すると大輔君だけじゃなくて、周りの男の子たちがみんな「はねる……、はねる……」と言ってそれから吹き出したように笑いだす。

「コイキングだ！」

「コイキング！」

　みんなで一斉にその名前を連呼する。

「コイキング……？　それ強いの？」

「めちゃくちゃ弱い！　はねることしか出来ない最弱のポケモン！」

「……そう、全然レアなキャラでもないのね」

なんだか虚《むな》しくなった。がんばってよコイキング。キングってついてる癖《くせ》に最弱なんてあんまりじゃない。

「レアなキャラはサクラかな」

　さっきまで対戦していた男の子が言った。

「サクラ？」

　私が不思議に思って言葉を返すと、他の男の子から「サクラはポケモンじゃねーだろ」と笑いながらツッコミが入った。

「サクラってのはね、この町にいる有名人だよ。なんかこの町に急に桜を植え始めて、それで桜を百本植えると願い事が叶うから植え続けてるんだって」

大輔君がまた私にちゃんと説明をしてくれる。さっきもそうだったけど、やっぱり優しい子なのだ。

「……なにそれ、そんな人本当にいるの？」

私がこの町に住んでいた頃に、そんな人の話は聞いたことがなかった。

「伝説の人間だね」

「伝説のポケモンみたいに言うなよっ！」

大輔君の友達が漫才のようにやりとりをして、けたけたと笑った。でもそれから大輔君は小さな声で私にこう言った。

「サクラはいい人だよ、優しいんだ」

「……そうなんだね」

私も小さな声で返事をした。

大輔君がそう言うと、本当にそう思えてくるから不思議だ。

「よーし、次は俺の番だー！」

そう言って大輔君がまたあどけない顔に戻って、他の子どもたちの輪の中に突っ込んで行く。

「よし、大輔かかってこい！　でもミュウは禁止な！」

「だからなんでだよ！」

友達も楽しそうだ。

みんな、笑っていた。

そんな子どもたちの姿を遠巻きに眺めた。

あの子はサッカー選手、あの子はおもちゃ屋さん、あの子は消防士、そう書いていたはずだ。

私は、なにも書けなかった。

それに、今日本当に夢を諦めたんだと今更ながら実感した。

正座をしたことだ。

バレエを習い始めてからは、ずっと正座は禁止だった。脚が短くなると言われていたり、O脚になりやすかったりと、バレリーナにとっては禁忌ともいえるものだったからだ。

それなのに私は今日、ずっと正座をしていた。

しかもそのことを何も気にしていなくて、後になってようやく気付いたのが自分でもショックだった。

だから実感したんだ。

本当にバレエを辞めたんだって——。

「お姉ちゃん、大丈夫？」

ゲームに熱中していたはずの大輔君が私を見て言った。

大輔君に心配されるくらいに落ち込んだ顔をしてしまっていたみたいだ。

それにしても本当に優しい子だ、こんなささいな変化にも気づいてくれるなんて。

もはや優しいを通り越して、大人になったら気遣いの出来るモテる男になるんじゃないかと思った。

「大丈夫だよ、それよりもっとポケモンのこと教えて」

私が大丈夫じゃないのに、大丈夫と言っているのも、なんだか大輔君にはバレてしまっているような気がした。

◇

習字教室はあの一回きりにするつもりだった。でも翌週の習字教室を迎える前日になってたまたまスーパーで大輔君と鉢合わせしてしまった。そして「明日も来るよね？　ねっ？」と念押しして言われたので、行かざるを得なくなった。

今回出された課題は、好きな季節を書いてからその理由を書くというものだった。これなら私も迷うことなく出来て、『冬』の後に、『夜の空気』と書いた。この日は滞りなく終わると思ったけど、帰りがけに佐代子さんから呼び止められて家の中に一人残された。てっきり正式な入会手続きを勧められると思ったけど違った。

「立花さん、ゲーム好き?」

「へっ?」

思ってもみなかった発言だった。大輔君に言われた訳ではない、私より大分年上の習字の先生に言われたのだ。

「最新のゲームもあるからね」

と言って、うふふっと聞こえてきそうなくらいに楽しそうに笑う。テレビの傍に置かれていたのは任天堂の『64』だ。スティックタイプのコントローラーで、ソフトは『ゴールデンアイ007』が差さっている。

「これはちょっと上級者向けだから……」

そう言って佐代子さんは、『マリオカート64』に差し変える。

そして思わぬ展開で私と佐代子さんのレースが始まった。

「あら、ちょっとやだ」

「近道失敗しちゃった!」

「飛んでる時にカミナリなんて、あなた本当に初めて⁉」

ゲーム中の佐代子さんは書道の時よりも饒舌《じょうぜつ》で、一緒にプレーしていて思わず笑ってしまった。

それでも最終的には佐代子さんが勝って、一度休憩を挟むことになった。

「どう、楽しかった？」

佐代子さんがお茶を運んで来て言った。

「はい、楽しかったです、ゲームも久々だったので」

「それなら良かった、楽しいのが一番よ。楽しければそれでいいんだから」

佐代子さんはそう言って、本当に楽しそうに笑った。

楽しければそれでいい、か。

今はゲームのことを言われたはずなのに、私は最初にバレエを始めた時のことを思いだしていた。

あの頃は、ただ夢中だった。将来の夢とか、バレエをする意味とか、そんなことはなにも考えていなかった。

――ただ、楽しかったんだ。

「確かに、それでいいんですよね……」

私は自分に言い聞かせるように言った。

それでいいんだ。それでよかったんだ。

でもいつからだろう、跳ぶことが辛《つら》くなったのは。踊ることが苦しくなったのは――。

「……あの、佐代子さんはいつからここで習字教室をやっているんですか？」

なんだか思い詰めると、真っ黒なものが胸のあたりを支配しそうで、話題を変えようと思った。それに最初に会った時から聞きたいことでもあったのだ。こんな習字教室は私が子どものころはなかったはずだから。

「もう十年くらいになるかしら。元々ここに住んでいた訳じゃないのよ、この金谷に十数年前に移り住むことになって、それからとあることがきっかけで、習字教室やってみようかなと思って」

「そうだったんですね」

十年前ということは、私が高校三年生の頃だし、ほぼ毎日フェリーに乗って、あのステンドグラスの下の秘密の場所と、久里浜のバレエ教室で練習に励んでいたから知らなくても無理はなかった。

「最初の頃は全然人もこなかったんだけどね、でも徐々に子どもたちが集まるようになって、それで今はこんな感じになってるの」

それはきっと佐代子さんの人柄によるものだと思った。子どもたちとの目線も近くて、みんなが佐代子さんを好きな気持ちも充分に伝わってきていた。

「……佐代子さんは、ここにずっと一人で？」

「ええ、そうよ」

なんのためらいもなく自信満々にそう答えた。私ならきっと変な自嘲の言葉を織り交ぜていたかもしれない。

「……佐代子さんは、凄いですね」

思わず言葉にしてしまっていた。

するると佐代子さんは上品に首を横に振って言った。

「そんなことはないわよ。……でも、筆を立たせるのと、一人で立つのは似ているような気がするわ」

そう言って筆を持つような仕草を見せる。

それはなにか今から戦いを始めるような、そんな構えにも見えた。

「立花さんは、ここに来るまでなにをしていた人なの？」

突然のその言葉に、私はすぐには言葉を返せない。

「私は……」

その質問を、他の人にされていたら適当に口を濁《にご》して何も答えないつもりだった。

でも、なぜか今は嘘《うそ》をつきたくないと思った。

佐代子さんの前で、そんなことはしたくなかったのだ。

「私は……、バレエをしていました」

その瞬間に、佐代子さんが驚くような表情を見せた。

「……バレエってあの、ボールの方じゃなくて踊る方の？」

「はい……」

「あなた……」

佐代子さんが、まっすぐに私のことを見つめる。

それからたっぷりの間があってから言った。

「……頑張ったのね、あなた。凄いわ」

「凄くなんかないです、別にそんな有名なところでもないですし、それにもうやっていませんし……」

「ねえ、踊って跳んで見せてよ」

話聞いていましたか？ と思わず言いたくなったけど、その言葉はぐっとこらえて、首だけを横に振った。

「お願い、だめなの？」

「だめです、無理です」

もう二度と踊る気なんてなかった。またあのバレエの振り付けをしてみただけで、何か過去のことを思い出して苦しくなる気がした。

だから、もう踊らないと決めたのだ。

「そう、残念……」

今回ばかりは最初に習字教室に勧誘した時とは違って、あっさりと引いてくれた。私の強い意思表示を分かってくれたのかもしれない。

「いつかの楽しみにとっておくわ」

佐代子さんがそう言った。

そのいつかは永遠に来ないと思います、そう言いたくなったけど、その言葉はぐっとこらえて、曖昧《あいまい》に頷《うなず》いた。

◇

それから毎週佐代子さんの書道教室に通うようになり、終わった後は一緒にゲームをするのが決まりになった。最初の頃は私を遠巻きにしていた子どもたちも、大輔君が間を繋いでくれて、いつの間にかみんなとも話すようになっていた。

不思議な日々だった。まさか金谷に戻って来て、こんな生活が待っているなんて思いもしなかった。私の心は凪《なぎ》のように落ち着いていた。

そんなある日、佐代子さんから木更津《きさらづ》の少しいいお店で食事をしないか、と誘われた。突然のお誘い、しかもわざわざ木更津まで出て食事をするということに少し驚きもしたけど、当日はもっと驚くことになった。

「立花さん、二十九歳の誕生日おめでとう」

食事が終わってケーキが運ばれてきたタイミングで佐代子さんがそう言った。

わざわざ木更津まで来て、こんな洒落《しゃれ》たお店に連れてきてくれた理由が分かった。

自分でもすっかり忘れていた。

誕生日だ。

入会書に生年月日を書いたから、佐代子さんも知っていたのだろう。でもここ数年は、ずっと誕生日が来るのが嫌だった。それだけ無駄に時が過ぎていることの証明を見せられている気がしたからだ。でも佐代子さんは、そんなことなど関係なく、ただ私が歳《とし》を重ねることを純粋に祝ってくれたのだ。

「立花さんがどんな大人になるか楽しみだわ」

「もう、大人になってしまいましたよ」

私はもうこれから先に大したことなんて待っていないと思っていたけど、佐代子さんは首を横に振って、「まだまだこれからよ」と言った。佐代子さんが言うと、本当にそんな気がしてくるから不思議だった。

「立花さんがこの町でバレエ教室を開いたら、すぐに人気が出ると思うわ」

「そ、そんなの考えたことないですよ」

「子どもたちからも好かれているし、いいと思うんだけどなあ。習字教室に来ている子たちの中にも、バレエを習いたい子もきっといるだろうし」

「どうでしょうね……」

その言葉はまた曖昧にやり過ごした。

なぜなら、私自身このまま金谷の地に留まるつもりはなかったからだ。また東京に戻る予定だし、そもそもバレエのことは綺麗さっぱり諦めて、まったく別の仕事をしようと思っていた。その時は佐代子さんや習字教室のみんなともお別れすることになるだろう。だから、この場で適当に答えを返すことは出来なかった。

その後、帰りの電車の時間まではまだ余裕があったので、軽い足取りで夜の帳《とばり》が下り始めた木更津の賑《にぎ》やかな繁華街を二人で歩いた。

そして、その足があるお店の前で止まる。

「ちょっと入っていかない？」

ゲームセンターだった。ゲーマーである佐代子さんにとっては、どうしてもそこを素通りする訳にはいかなかったみたいだ。

お店の中に入ると、想像以上に騒がしい。それに人工的な青や赤の光が視界に入り込んできた。ただ、その光に負けないくらいに佐代子さんの瞳は爛々《らんらん》としている。

「あっ、立花さんあれやってよ！」

そう言って佐代子さんが指さしたのは、『ダンスダンスレボリューション』と呼ばれるゲーム機だった。足元には前後左右に矢印が書かれていて、それを画面に流れてくる矢印と音楽に合わせて踊るように踏んで行くリズムゲームだ。確か、東京のゲームセンターでも見た気がする。

「い、いやですよ！」

こんな店の真ん中で踊るなんて恥ずかしくて仕方ない。それにひとたび踊りだすと周りにも人が集まって来るようなそんなゲーム機だったのだ。

「えーお願い」

「だめです」

「誕生日なのに」

「誕生日だからって、そんなに浮かれませんから」

「浮かれていいのよ、今日はあなたが主役なんだから」

「いや、むしろここはゲーマーの佐代子さんがやるべきです」

「私は流石《さすが》に踊るのは厳しいのよねえ、鍵盤をたたく『ビートマニア』ならそこそこ嗜《たしな》んだけど……」

私が知らないようなゲームが出て来た。やっぱり佐代子さんは相当のゲーム好きみたいだ。でもそんな話をして盛り上がっていた時に、ある男から声をかけられた。

「おいおい偶然だなあ、それにしても楽しそうじゃねえかよ」

そこにいたのは、河田だった——。

そして前と同じ友人の男を連れている。

「……なんで、河田がここに」

「別に、遊ぶ時に木更津に来るなんて普通のことだろ、まあたまたま会った訳だし、一緒に飲みにでも行こうぜ、いい店知ってるからよ」

「……私たちは、もう帰るところだから」

そう言って私は佐代子さんを連れて出て行こうとした。

そこでまた河田からの声がかかる。

「おいおい、まさかそいつが今のお前の友達かよ」

そう言って河田が佐代子さんに視線を移す。

舐《な》めるような薄気味悪い視線だった。

「……何が言いたいのよ」

私が反抗的な意志を隠さずにそう言うと、河田もなにかスイッチが入ったみたいだった。

「なんでそんな歳の離れた、訳の分からない奴と付き合ってんだって話だよ」

「……佐代子さんに向かって失礼なこと言わないで」

「なんだ、そのバアさんがそんなに大切か？」

それ以上の言葉は私も看過出来そうにない。

「……今すぐ謝って！」

「なんだお前、本気かよ。そうやって歳の離れたバアさんと遊ぶのが、今の東京の流行りなのか？」

本当に腹立たしい。この男は一体何なのだろうか。こんな簡単に誰かを傷つけることが許されるのだろうか……。

「……大丈夫よ、いきましょう。私が五十過ぎのよぼよぼのおばあさんなのは本当なんだから、なにも怒ることはないわ」

佐代子さんが私に向かって冗談っぽく言って笑顔を作った。

明らかに無理をしている。傷ついているのに傷ついていない振りをしている。なんで、佐代子さんがそんな我慢する必要なんてないのに――。

「おいおい勝手に何仕切ってんだよ、真由美は置いてけよ」

「……あんたの方こそ勝手に決めないで。それにあんたたちなんかと一緒に遊ぶ訳ないでしょ」

「ああん？」

河田が私を睨《にら》みつける。

でも私もここまで言われて黙っている訳にはいかなかった。

「……高校の頃から思ってたけど、あんたといると反吐《へど》が出そうになるよ。一生同じ奴らと過ごして、くだらない一生過ごしてなよ。だからあんたの人生に、私たちを巻き込まないで」

　私はそのまま佐代子さんの腕を引いて歩き出した。もうこれ以上こいつらの言葉をなにも聞かせたくない。

　それに言いたいことは言った。ぶちまけてやった。

　ただ、店内の騒音にも負けないくらいの声で河田が声をあげた。

「じゃあお前もいつまでそのバアさんと一緒にいるんだろうな！　どうせまたお前は地元を捨てて東京に出るんだろ！　高校の頃から俺らのこと内心見下してたのバレバレだからな！」

「……っ」

　走った。

　図星だった。

　まさか、河田がそんなことを言うなんて思ってもいなかった。

　何も言い返せない。

　今は走るしかない。

「おいバアさん！　そいつはあんたのことだってすぐに切るぜ！　せいぜい気をつけろよ！」

　河田の言葉がもうなにも聞こえてほしくなかった。

でも、きっと今の言葉も佐代子さんには届いてしまった。

私は、その顔を見ることが出来ない。

今の私には、ただその声から逃れるように走ることしか出来なかった——。

◇

あれから佐代子さんとは会っていない。というのも習字教室に行くことが出来なかった。河田との一件以来、気まずくてどんな顔をして会いに行けばいいのか分からなかった。

自分でもショックだったのは、河田の言っていることが当たっていたからだ。私はまたこの金谷を離れて東京に出て行こうとしていた。それに高校の友人だって、ただ近いだけというのが理由の学校に入ったのもあって、見下していたのも事実だった。私のリセット癖を、河田は見抜いていたのだ。

あの時、なにも言い返せずに走って逃げたのはそれが理由だ。それを上手《うま》く説明することも出来ない。そして佐代子さんもそのことには触れてこようとしなかった。

あの日から、佐代子さんには会っていない。

私はまたこの町での居場所を失ってしまった、生まれ故郷のはずなのに。

でも元から私に居場所なんてなかったのかもしれない。

悩みを抱えたまま、たどり着いたのは金谷港のフェリーサービスセンターの傍だった。

小さい頃からフェリーには乗っていたけど、ここから出港する船を見るのも好きだった。

この町の中で、私が唯一好きな場所だった。

ただここからの景色も寂しくなった気がする。なんだか活気がなくなった。きっと去年開通した千葉と神奈川を繋ぐ東京湾アクアラインが出来たからだろう。東京湾港フェリーの利用者が減っていると聞いた。

時代に伴ってどんどん変わっていくものがある。

変わらないと思っていた同級生たちも、今思えば変わっていたのかもしれない。みんなちゃんとした仕事をして、それから結婚をして、子どもがいた。

――もしかして、変われていないのは私だけだろうか。

私だけが学生の頃から叶うことのない夢を追って、そのまま時間が過ぎた気がする。

それなら一体、私の今までの人生ってなんだったんだろう。

意味はあったのだろうか。

それともなにも意味はなかったのだろうか。

今もまた、かすかに対岸の明かりが見える。

久里浜の街の光。

そしてその朧げな明かりが何に似ているのかようやく分かった。

というよりも思い出したと言ってもいいかもしれない。

あれは私の手に入れることの出来なかったものの光だ。

夢とか未来とか幸せとか、そういう一つ一つの光の集合体。

手を伸ばしても、もうどうやっても届くことのない、かすかに灯《とも》る明かり——。

「……まもなく金谷発の最終便が出ますが、大丈夫ですか？」

その時、声をかけられた。

今しがた出港した船を見つめていたから気づかなかったけど、目の前にはくるくるパーマ頭の男の人がいた。

「あっ申し遅れましたが、私は、このフェリーサービスセンターの総合案内係です」

私が訝《いぶか》しげな目を向けてしまったせいかもしれない。相手の方から自己紹介してくれた。

「……あっ、大丈夫です。ここが地元で、ちょっと船を見に来ただけなので」

「そうですか」

と相手は淡々と述べた。私が学生の頃にもフェリーサービスセンターの総合案内係の人はいたけど、この人ではなかったはずだ。いつの間にか替わったのだろうか。そのことが気になって質問してみる。

「……前から、ここで仕事をしていた方ですか？」

「私はこの仕事は七年目になりますね」

やっぱり私が学生の頃にはいなかった人だった。

「……地元は、こっちですか？」

「いえ、遠く離れたところです」

「そうですか……」

何かその言葉を聞いて、これ以上質問を重ねるのはやめにした。この人にも、きっとなにか色々な事情が隠されていて、それが何か触れてはいけないもののように思えたからだ。

その時、場にまったくそぐわない、明るい声が響いた。

「おう、総合係！　今日は店来るか？　いい海老《えび》が入ったぞ！」

見覚えがあった。というかその声と喋り方が印象に残っていたのかもしれない。

この前食事をした定食屋、春風亭《はるかぜてい》の店主さんだった。

「毎日いい何かが入ってるじゃないですか、本当にいいものが入った時だけ言ってくださいよ」

「毎日本当にいいものが入るから仕方ねえじゃねえかよ、とにかく毎日食いにくりゃいいんだよ」

「あなたの言う通り食べていたら体重が増える一方ですよ」

「それは俺の飯がそんなに美味《うま》いってことかい、嬉《うれ》しいねえ！」

「……そうやって桜木さんは、すぐ良い方だけに解釈するから困りものですね」

総合案内係の人の喋りぶりは、さっきまで私と話していた時よりも大分違って、ワントーン上がっている気すらする。仕事上で喋っているのと、友達と話している時の違いだろうか。そのやりとりはとても自然なものに見えて、そんな風に話すことの出来る友達がいない私からしたら羨ましいくらいだった。

ただそこで、店主さんが私を見て言った。

「それよりもさっきからそこにいる、やたら姿勢のいいべっぴんさんは……」

もしかして以前、店に行った時のことを覚えていて、河田とかとの話をされるのかと思った。

でも違った。

「あんたが、立花さんか？」

「えっ」

まさか名前を知られているとは思わなかった。でもその理由がすぐに明らかになる。

「堂島さんから聞いてたんだよ」

「ど、堂島さんって、佐代子さんですよね？」

ここでその名前が出てくるとは思わなかった。思わず動揺して聞き返してしまう。

「ああ、そうだよ。その堂島さんが山口智子みたいに綺麗な元バレリーナの女の子と友達になったって嬉しそうに話していてな、だからあんただと思ったんだ」

「佐代子さんが……」

まさか佐代子さんがそんなところで私の話をしているなんて思わなかった。そして店主さんは話を続ける。

「あの子は夢を叶えた凄い子だって言ってたよ。歳は離れているけど、一緒にいると若々しくなれるし元気が出てくるって、それに恩人だって言ってたな」

「恩人、ですか……？」

その言葉に引っかかってしまう。佐代子さんなら私を褒《ほ》めるつもりで、今までのことを言ってくれるのはありえると思ったけど、恩人というのはなにかそぐわない気がした。

一体、どういうことなのだろうか……。

「ああ、言ってたよ、あの子がいなかったら今の私はいないってね」

「そんな……」

ますます分からなくなってきた。

一体、その言葉はなにを意味しているのだろう……。

ただ、今佐代子さんに会って話がしたいと思った。

もしかしたら佐代子さんも私に、なにかしたい話があったのかもしれない。

でも私の方からも話したいことが山ほどある。

あの木更津の一件以来、会っていなかった。

まずは謝りたかった。

私のために祝ってくれた佐代子さんを傷つけることになってしまった。

そして、すべてを話したかった。

私が、ここにもう一度戻って来た理由を——。

「あっ……」

そして、このタイミングで佐代子さんが私たちの目の前に現れた。

私にとっても、佐代子さんにとっても、思ってもみなかった邂逅《かいこう》だったようだ。

「……アジフライ、買いに来ただけなんだけどね」

佐代子さんが、少しだけ照れたように笑ってそう言った。


それから佐代子さんと一緒に久里浜へと向かうフェリーの最終便に乗ったのは、総合案内係さんの計らいだった。往復のチケットを買って久里浜から戻ってくる頃には貸切のようになるから、どうせならお二人で乗ってみてはどうですかと提案があったのだ。さっきから私がフェリーを眺めていたこともあるかもしれない。総合案内係さんには心の中を見透かされているようでもあった。

そして本当に総合案内係さんの言う通り、久里浜港を出て折り返す頃にはほとんど人がいなくなって貸切のようになった。金谷港を出た時には、ゴルフバッグを背負った人たちがあんなにたくさんいたのに。

「……ずっと、会いにいけなくてすみませんでした」

ずいぶんと時間がかかってしまったけど、私はようやくここで謝ることが出来た。

今は二人で二階の客室の中にいる。窓側の席からは真っ暗な夜の海をのぞむことが出来た。今にも飲み込まれてしまいそうなくらい真っ黒な世界を、真っ白な飛沫《しぶき》をあげて、フェリーは進んで行く。

佐代子さんは、私の言葉を聞いて、小さく首を横に振って言った。

「大丈夫よ、あのままずっと来なくなるなんて私は思っていなかったから」

「……分かりませんよ、私酷《ひど》い女ですから」

「そんなことないわ」

佐代子さんが、私の瞳《ひとみ》をまっすぐに見つめて言った。

「私、どうすればいいか分からないんです、今も……」

――私は、ここに来るまでのすべての想いを打ち明けることにした。

「……バレリーナとして生きる夢を諦めて地元に戻ってきました。でも、あの河田の言う通りこの町が嫌いでした。高校までの人間関係を自ら断ったんです。私にはそういうリセット癖があるんです。なんかもう嫌になって、それでこの町を出たはずなのに……」

初めての告白を続ける。

今は窓の外の景色も目に入らなかった。

「でも、夢を諦めた私にはもうなにも残っていないんです……。同級生と話している時だって、内心は見下していたつもりだったのに、心の奥底では羨ましがっている自分がいました。私にだって、人並みの幸せが見つけられるような人生があったんじゃないかって。でも、やっぱり今の私にはなにもないんです。リセット癖があるって言ったけど、本当にリセットしたかったのは私自身の人生だったのかもしれません……。私だけが、この町を出た時からなにも変わっていなくて……私が追っていた夢は、ただ意味のないものだったんじゃないかって……」

こんなことを他人《ひと》に話したのは初めてだった。

変わっていない同級生を見て、軽蔑《けいべつ》の眼差《まなざ》しを向けて、自分を保とうとしていた。自分だけが広い世界に出て、なにかが変わったと思っていた。

でもちっぽけな自分は何も変わっていなかった。

もう、これから自分がどうすればいいのか分からなかった——。

ただ、佐代子さんは私のことをまっすぐに見つめて、さっきと同じ言葉をはっきりと言った。

「そんなことないわ」

そして、言葉を続ける。

「あなたが夢を追ったことに意味がなかったなんてありえない、あなたが夢を追ったことで変わったことが、きっとたくさんあるから」

「そんなの何もありませんよ、全部中途半端に終わったんですから……」

「……中途半端なんかじゃない、だって立花さんは私の人生を変えてくれたのよ」

「私が、変えた……？」

そう言われても、なんのことを言われているのか分からなかった。

だってそんなの全く身に覚えがない。

私と佐代子さんはつい最近会ったばかりのはずなのに。

——そこで佐代子さんがある話を始めた。

「私ね、ここで、十数年前に一人で踊るあなたを見かけたの」

「えっ……」

「……私がここにきて三年くらい経つ頃だった。私も夢を追っていたの。書の道を極《きわ》めよう、なんて青いこと言ってね、書道家を目指した」

知らなかった。佐代子さんも私と同じように夢を追っていたなんて——。

「……それでなんとか頑張って少しくらいは表舞台にあがったりもしたんだけど、書道も芸術の世界だからね、コンクールで勝つことも難しかったし、本当に厳しい世界だった。いつの間にかそれに疲れちゃってね、環境を変えて別のところに住んでみたいと思ったの。

それでこの町に来た」

佐代子さんは目の前の海を見つめている。

「最初の数年くらいは、本当にどうやって過ごしていたかも思い出せないくらいに、無為な毎日を過ごしていたわ。なにもやる気がでなかったの。それでこの町を出ようとした。フェリーに乗ったのはその予行演習みたいなものだったの。そのままこの町を出ても良かったくらい自暴自棄になっていた。……でもその時、ここであなたを見つけた」

そう言って、佐代子さんは船室の後ろを指差した。

あの天井がステンドグラスになっている甲板の場所を——。

「一人で踊ってた。一目で分かったの、バレエの踊りだって。でもたまたまかなと思って、もう一度次の日フェリーに乗ってみるとあなたはまた踊ってた。そして次の日も、そのまた次の日もあなたは踊っていた。その船の上で一人人知れず踊るあなたの姿が、私からはどれだけ美しく見えたか……」

「佐代子さん……」

「夢を追って諦めた自分と勝手に重ねてしまったの。あなたがその先でどうなったのかは分からなかった。でもあの時、私が勇気づけられたのは確かだった。こうやって夢は繋がっていくものなんだって教えてもらった気がした。だから私も、もう一度だけ頑張ってみようと思ったの。それであの習字教室を始めた。だから立花さんは私にとっての恩人。変わるきっかけを与えてくれたから……」

「そんな……」

全然知らなかった。そんな過去が隠されていたなんて。

でも、これで今までのことがすべて繋がる気がした。

私がバレエをしていたと話した時に、不思議なくらいに佐代子さんは驚いていた。

そしてプロになったことを、「頑張ったのね、あなた。凄いわ」と言ってくれた。

あれは、私の努力する姿を見てくれていたからに違いなかった。

そして、あの店主さんが言っていた恩人という言葉も、今の過去の話を聞くと納得出来たのだ。

「……今はね、私はあの子たちに夢を託したつもり。おかげで私は結婚もしていないし子どももいないけど、あの子たちがいるから寂しくなんてなかった。今の私にとって、あの子たちの夢が叶うことが私の夢なの。みんなといると一緒に夢を見させてくれるのよね。これからが楽しみ。だってあの子たちなら、私がいけないところにも、ひょいっとジャンプするみたいに跳んでいってくれるから」

そして、佐代子さんが私の瞳をまっすぐに見つめて言った。

「……それにね、あなたもきっとまだ跳べるわよ」

「まだ、跳べる……」

本当に、そうなのだろうか。

私が歩んできた道に、ちゃんと意味はあったのだろうか。

——そして、私はまだ跳べるのだろうか。

「ねえ、立花さん……」

佐代子さんは私に向かってまっすぐに言った。

「あなたの踊っている姿が見たいわ」

嫌です、とは言わなかった。

今まではずっと断っていた。

だって、もう二度と踊らないと決めたから。

これ以上踊っても惨めになるだけだと思ったから。

踊ろうとするたびに夢を諦めた現実がのしかかってきて、体が急に重くなって動かなくなる気がした。

でも、今は違う。

私は、今踊りたいと思った。

佐代子さんのために。

そして、自分のために——。

客室を出て、それからあの天井がステンドグラスになっている甲板の上に立った。

私と佐代子さん以外に他に人はいない。
波をかき分けてフェリーの進む音だけが聴こえる。
こんな夜の時間だから、外に出たら真っ暗かと思ったけど違った。
今夜は満月だった。
そしてその光がステンドグラスを通して、甲板に幻想的な光を落としている。
私はその光が落ちた場所の中心に立って、月明かりを体に受けた。
「ふぅ……」
ステンドグラスを通した月明かりが、スポットライトのようだ。
踊り手は一人。
観客は一人。
こうやって姿勢を正して立つのも、いつぶりだろうか。
頭の中で曲をイメージする。
何度もここで踊った。
きっと船の上で踊りたくなったのはあの演目と水辺というのが似ていると思ったから。
ここは湖ではなくて、海だけど。
そして、当時練習した振り付けを今、踊りだす——。
——白鳥の湖。

私が初めて観たのは、美しい月夜の湖畔《こはん》で白鳥が舞う第二幕。

あの暗闇の中で幻想的に舞うバレリーナの姿に一瞬にして惹《ひ》きつけられた。

白鳥の湖はオデット姫とジークフリート王子の愛の物語だ――。

ある日、オデット姫は悪魔のロッドバルトにその姿を白鳥に変えられてしまう。

ただしその悪魔の呪いは、夜の間だけ白鳥から人間の姿に戻ることが出来るので、湖を訪れたジークフリート王子と出会うことが出来た。

その呪いを完全にとく方法は、永遠の愛の誓いだけだった。

呪いをとくためにも王子は、翌日の舞踏会でオデットを花嫁に選ぶと誓うが、当日、王子はオデットに化けていた悪魔の娘オディールを誤って選んでしまう。

ジークフリートが気づいた時には遅かった。

それから悪魔を倒したところで、もう彼女の呪いは永遠にとけない。

絶望したジークフリートとオデットは、湖に身を投げて来世で結ばれることになるのだ――。

悲恋の物語だ。

二人の恋は叶わぬまま終わるのだ。

ただ、そこに愛はあった。

その情感を、バレエの踊りを通していかに伝えることが出来るか。

それがすべてだった。
つま先立ちのルルべすら久しぶりだ。
床と指先がこすれる。
悲鳴をあげたくなるくらいに痛い。
でも、耐えなければいけない。
苦しい中でもがく。
苦しいものを苦しくないように見せることに、きっと美しさがある。
湖の上を優雅に泳ぐ白鳥は水面下ではもがくように水を摑《つか》んでいると聞いた。
だから、私も必死でもがく。
ここは湖畔ではないけれど、月明かりは一緒だ。
ここは海の上だから、『白鳥の海』といったところか。
あまり様にならないけど、それでいい。
今の私にはそんなのがお似合いだ。
無様でもいい。
今の私に出来る精いっぱいをしよう。
揺れる船の上で踊り続けるんだ。
月明かりをスポットライトに。

風を拍手に。
海を湖に――。
力を込めろ。
手に、足に、指の先に、爪の先に――。
踊れ、踊れ――。
そして白鳥のように――。
跳べ――。
「はぁ……っ」
終わった。
踊り終えた。
酷く息が乱れて呼吸をするのも辛い。
少し踊っただけなのに、全力疾走した後のようだ。
――パチパチパチ。
風や船のエンジン音にも負けないくらいの拍手が聞こえた。
佐代子さんだ。
いつまで続くのか分からないくらい、長い拍手をしてくれた。
そして、私のことをまっすぐに見つめて言った。

「私はバレエのことはそんなによく分からないけれど……」

佐代子さんは、柔らかく笑って言葉を続ける。

「やっぱりあなたは、あなたのままでいいんじゃないかしら」

「佐代子さん……」

自然と、涙が頬を伝った。

そのたった一言が、自分自身を縛り続けていた呪いをといてくれた気がした――。

◇

次の日、起きると心地よいくらいのわずかな筋肉痛が私を待っていた。なんだか久しぶりな気がする。母とも久々にちゃんとした会話をすることが出来た。この町で、もう少し自分のやりたいことを見つけたいと言うと、「あなたの人生なんだから、あなたの好きなようにしなさい」と言ってくれた。そんな言葉を母から言われたのは、高校の時に進路の相談をして以来だった。

そして、午後になって佐代子さんと一緒にフェリーサービスセンターに来た。というのも、あの店主さんから佐代子さんの元に、看板の文字を書いてほしいという依頼があったのだ。着いてみてびっくりしたのは、そこに大輔君がいたことだ、どうやら大輔君は店主さんの息子だったらしい。春風亭の中で再会した時は思わず笑ってしまった。

ただ、看板の文字を書く寸前になって、もっとびっくりしたことがあった。佐代子さんが、なんだか今日は手首が痛くて調子が出そうにないらしく、その『春風亭』という文字を書くのを私に任せたいと言い出したのだ。そんなの聞いていない。でも佐代子さんは言いだしたら引かないのは分かっていたし、なぜか店主さんもノリノリで「そりゃあ初物だしなんだか縁起がいいや、よろしく頼んだ姉ちゃん！」と言ってきた。「頑張れ！　真由美お姉ちゃん！」なんて言って大輔君も応援してくれるから私ももう後には引けない。それでそんなやり取りをしている内にいつの間にか何人ものギャラリーが集まって来た。その中心で私は筆を執ることになった。

「ふぅ……」

集中だ、集中が大事。

今まで佐代子さんに習ったことを思い出して……。

「おお……」

書き始めてからは、あっという間だった。

そして書き終えた瞬間に、周りから感嘆の声が漏れたのが聞こえて、私はうまくいったのを確信した。

それから大輔君が「春風亭だ！」と声をあげると、拍手の音が周りから聞こえてきた。

『春』『風』『亭』の三文字が目の前に並んでいる。

我ながら上出来な一作になった。

今このひとたびは、私も『出来上がった』と言ってもいいかもしれない。

凄い緊張するかもと思っていたけど、随分落ち着いて書くことが出来た。『亭』という文字を見て私はなんだか親近感を覚えていたのだ。まるで片足で立つバレリーナのようだったから。

片足で跳んでからもう一方の片足で着地するジャンプをバレエでは、『グラン・ジュテ』と言う。その、グラン・ジュテの要領で、最後まで書ききったのだ。

「やるじゃねえか！　早速飾らせてもらうぜ！」

店主さんがひょいと看板を持ち上げて、それをフェリーサービスセンターの前に置いた。

そこでもう一度拍手が起きて、私はなんだか照れくさい気分になる。

よく見ると、そこには本当にたくさんの色んな人がいた。噂《うわさ》を聞きつけたのか、佐代子さんの習字教室に通っている子も何人かいたし、春風亭の常連さんであろうお客さんや、今船から降りて来た人たちもいた。

この町にずっと住んでいると、同じことだけが続くと思っていた。

ずっと同じような人とばかり過ごして、変わらない人生を送るのだと思っていた。

そんな生活が嫌で、私はこの町を離れてリセットしようとしていたのだ。

でも違っていたのかもしれない。

こんなにも色んな人と、この町で出会ったのだ。

こんなにも素晴らしい人たちが、この町にはいた。

そしてその中心には、佐代子さんがいた。

「……佐代子さんのおかげで、色んな人たちに出会えました」

私が、お礼の気持ちも含めてそう言うと、佐代子さんは小さく首を振って言った。

「私にとってもあなたのおかげよ、あなたのおかげで私も、色んな人たちに出会えたんだから」

そう言って、佐代子さんは港に集まっていた習字教室の子どもたちを見つめた。

その眼差しはとても優しくて、それでいてまだこれから先を見据えているように思える。

「まだまだ人生これからですね」

私がそう言うと、佐代子さんがふふっと笑って応えた。

「これからどうなるかしらね、昨日私がやっとの思いでクリアしたゲームみたいにハッピーエンドになるといいけど」

「……佐代子さん、もしかしてそれが今日の手首が痛い原因じゃないんですか？」

「ふふっ、みんなには内緒にしておいてね」

佐代子さんが茶目っ気のある感じで言ったので、私もそれ以上追及するのはやめることにした。

その代わりにある話をする。

「……そういえば、白鳥の湖には、今は新しい結末が描かれることも多いんですよね」

「新しい結末？」

疑問符を浮かべた佐代子さんに、私は白鳥の湖のある物語の説明をした。

「ええ、白鳥の湖は最後はオデット姫の呪いがとけないまま、二人で湖に飛び込んで来世で結ばれるのが元々の終わり方ですけど、最近はオデット姫の呪いがとけて二人が結ばれるハッピーエンドの公演が行われることもあるんですよ」

私がそう言うと、佐代子さんがにっこりと微笑んで言った。

「それは素敵なことね」

「ええ、とても素敵なことだと思います」

そう言って私も笑った。

そのタイミングで店主さんから「おーいちょっとこっちにも来てくれー！」と声をかけられた。ついでに店の中の新メニューも格好よく書いて欲しいとのことだ。

そのリクエストをもらえたことが嬉しくて、私も喜んで返事をして向かう。

周りのみんなも拍手で送り出してくれて、なんだか嬉しくなって走り出す。

体が軽い。

気を抜くとそのまま空に浮いてしまいそうだ。
というか、踊りだしてしまいそうになるのを必死でこらえる。
でもこらえきれそうにない。
少しだけならいいか。
「ほっ」
周りの人にはバレないように、右足をそっと上げる。
それから左足で地面を蹴って、高く跳んだ――。

第三話　さよなら、小さな恋のうた

梅野《うめの》君に振られてしまった。

うぬぼれていた訳ではないけど、告白は成功すると思っていた。お互いに惹《ひ》かれていたのは分かっていたから。

後は言葉にして、お互いの関係性を確かめるだけだと思っていた。それなのに、うまくいかなかった。

でも、その理由はすぐに分かった。

梅野君は夏休みに入る前に転校してしまうのだ。

二週間後のことだった。

だから、付き合えないと言った。

そんなの知らなかった。

そんなこと、起こるはずないと思っていた。

だって、梅野君は一年前に転校してきたばかりだったのだ。

それでまた転校するなんて想像もしていない。

でも、梅野君のお父さんは転勤族というやつで仕方のないことらしい。

だからまだ子どもの私たちが、なにを言ってもその決定事項は変わることなどなかった。

その話を打ち明けてから梅野君は、「ごめん」と言った。

私は、なにも言えなかった。

もうすぐ梅野君がいなくなってしまうことが、まだ信じられなかったから。

◇

梅野君の最初の印象は、静かな人、っていう感じだった。クラスでもあまり話しているところを見たことがない。もちろん転校当初は何人かの生徒が話しかけに行ったけど、そんなに会話は弾まなくて、友達になった相手もいないみたいだった。

その原因は梅野君から発せられる独特の空気のせいかもしれない。いつもどこか遠い目をしていて、同い年の私たちより二つか三つくらい年上の人に見えたのだ。髪も他の同級生より少しだけ長いのが特徴的だった。それに指も長くて綺麗《きれい》で、なにか奥底の繊細《せんさい》さが外側の端っこの部分に漏れ出ているような気がした。

　私と梅野君が話すようになったきっかけは、放送部の活動だった。中学一年生の、放送部に入って数ヶ月が経《た》った頃、転校生の梅野君が入部して来たのだ。

　中学校の放送部は、昼放送がメインの活動になる。曜日ごとに部員が二人ずつ分担して行うことになっていて、給食の時間になると、そのままご飯をもって放送室に向かうのだ。

　そして、私と梅野君の二人で担当する日が来た。その時はまだ梅野君に惹かれていたという訳ではなかったし、ただ単に昼放送を私たち一年生だけで担当するということにドキドキしていた。

　昼放送は、その日に学内で伝えるニュースや今後のスケジュール、それに部活や先生方の紹介などを行っている。それに聞いている生徒にとって大きな楽しみになっているのが音楽を流す時間だ。この曲のセレクトは季節的なものや流行《はや》りの曲だったり、生徒からのリクエストだったりすることもあるが、基本的には放送部の生徒がチョイスして流すことになっていた。音楽を聴くことが大好きな私にとっても楽しみの時間だった。なんといっても、自分の大好きな曲を校舎全体に流すことが出来るのだから。

　放送を担当することになった最初の日、私が選んだのは、モンゴル８００――通称モンパチの『小さな恋のうた』だった。小さな恋のうたは、二〇〇一年九月に発売されたアルバム『ＭＥＳＳＡＧＥ』に収録された曲で、今大ヒットしていた。私はこの歌が大好きだったし、周りの友達もみんなはまっていたから、昼放送で流すのにうってつけの曲だと思ったのだ。

「それでは、今日の昼放送の曲は、モンゴル８００の『小さな恋のうた』です。どうぞ……」

マイクのスイッチをオフにする。曲を流した後は、明日からのスケジュールを話して終わりとなるので、もう一仕事終えた気分だ。

でもその時、梅野君がぽつりと呟《つぶや》くように言った。

「……柏木《かしわぎ》さんは、『小さな恋のメロディ』って知ってる？」

「小さな恋のメロディ？」

初耳だった。小さな恋のうたの、『うた』の部分だけをただ単に英語にしただけに感じる。その曲がどんなものなのか私には全然分からない。

でも驚いてもいた。梅野君から名前を呼ばれたのは、この時が初めてだったからだ。

「知らない、どんな曲なの？」

私が尋《たず》ね返《かえ》すと、梅野君は小さく首を横に振って言った。

「曲じゃないんだ、映画のタイトル、古い映画だけど」

「そうなの？」

『小さな恋のうた』にそっくりの名前の映画があるなんて知らなかった。でもそれよりも、突然梅野君がそんな話をしてきたことにびっくりしていた。もしかして梅野君って、映画好きなんだろうか……。

「梅野君って、映画が好きなの？」

試しに訊《き》いてみた。

「うん、好き、大好き」

その時、私は梅野君の笑顔を初めて見たと思う。その表情を見ただけで、私が勝手に梅野君に被《かぶ》せていた仮面のようなものは一瞬で外されてしまった。笑った顔は年相応にあどけなく、それこそまるで映画の中に出てくる好青年のようで、睫毛《まつげ》の長さとか、私よりも綺麗な肌とか、そんなところにまで目がいってしまった。

「……柏木さんは、映画好き？」

今度は梅野君が私に訊いてきた。

「……うん、好き」

本当はそんなに映画好きって訳ではないんだけど、その時はそう答えてしまった。そう答えたいって思ったんだ。でも金曜ロードショーでジブリの映画がやっていたら欠かさず観るくらいだから、映画好きって言っていいはずだ。

「本当に？　良かった、すごい嬉《うれ》しい。僕『ギルバート・グレイプ』って作品を観てから凄《すご》く映画にハマったんだ。それで主演のジョニー・デップの他の作品の『シザーハンズ』

もすっごい面白くて」

　どうしよう。ギルバートなんとかって映画全然知らない。シザーハンズってのは、なんか聞いたことある気もするけど……。

「それにギルバート・グレイプに出ていたジョニー・デップの弟役がレオナルド・ディカプリオでね、その映画でアカデミー助演男優賞にノミネートされたんだ」

「あっディカプリオ知ってる！　タイタニックの人だ！」

　タイタニックは私が小学生の頃に大ヒットした映画で、うちのお母さんもハマってビデオを買ってきたから家でも何回か観ていた。

「そう、ジャック！　タイタニック面白かったよね」

「うん、面白かった！　あの船に乗って腕を広げるのとかみんな真似《まね》してたし、それに私あの音楽隊の人たちが最後まで船に残って演奏続けてたシーンとか凄く好き」

「分かる、僕もそこ凄く好きなんだ！　それに、あの人たちは実際のタイタニック号の事故の時も、最後まで演奏し続けていたらしいよ」

「そうなの？　本当に凄い人たちだったんだね」

「うん、尊敬する。自分自身の使命のようなものを強く感じていて、それをあの危機的な状況の中で最後まで全うしたんだからね、本当にかっこいいと思う……」

　そう言って映画の話をする梅野君の姿は、クラスにいる時とは別人のようだった。

いつもの柔らかな瞳《ひとみ》がきらきらと輝いているように見える。

梅野君は映画の中の人たちをかっこいいと言ったけど、私からすれば、今の好きなものを目をきらきらさせて語る梅野君の方がかっこよく見えた。

梅野君って、こんな風に笑うんだ——。

モンパチの、小さな恋のうたはあっという間に終わってしまった。

たったの約四分間。

でもその日、私の胸の中で、小さな恋の音が鳴った気がした。

◇

「……どうすればいいと思う？」

梅野君に振られてから三日後、ある相手にこの事実を打ち明けた。

「どうすればいいって俺に言われてもな……」

同じクラスの大輔《だいすけ》だ。大輔とはいわゆる幼馴染《おさななじ》みで、小学校でも同じクラスになったことが何度かあったし、同じ習字教室にも通っていたので仲が良かったのだ。

「何か私の恋を応援するようなアイディア思い浮かばないの？　梅野君と話したことあるでしょ？」

「話したことあるけどそんなに仲よくはないし、そもそも恋を応援する必要もないと思うんだけど……」

「えっ？」

なんでそんなことを言うのか分からなかったけど、すぐに理由は明らかになる。

「もうお前らの恋は上手《うま》くいってるじゃん、俺とか他のクラスの奴《やつ》なんて梅野が転校することすら知らなかったんだぞ」

そうだったんだ、私はそのことを知らなかった。梅野君はまだ転校することを誰にも言っていなかったなんて。

「……梅野、どこに転校するんだ？」

今度は逆に大輔が私に質問する。

「広島って言ってたけど……」

「遠いなあ……」

大輔が本当に遠い目をして呟く。その視線の先にはさっきまで水をあげていた向日葵《ひまわり》の花があった。七月に入って急に暑くなった気がする。蟬《せみ》のジージーという鳴き声も最近は一層ボリュームを強めていた。

本当に、遠い距離だ。中学生の私にとってはどうしようもないくらいの距離に思えてくるし、それでいて親の引っ越しなんて問題はやっぱり私たちにはどうすることも出来ないものだった。

「……大輔、ちゃんと園芸部での活動続いてたんだね」

正解の見つからない問題を前に、一旦話を変えるつもりでそう言った。

「……担任にそそのかされて入ってみたけど、意外と悪くなかったんだよ、去年からは野菜も植えさせてもらってるし」

大輔は小学生の頃はスポーツにのめり込んでいた。休み時間になれば率先して校庭に飛び出してサッカーをしていたし、運動会でもリレーのアンカーを務めたりしていた。それなのに中学に入ってからは一転して園芸部に入部し、小学校からの同級生の間をざわつかせていた。

「学校で採れた野菜を使って、それをそのまま店で出せる訳だし、これ以上の地産地消はないよなあ」

それもこれも実家のお店のためだった。大輔の家は金谷《かなや》フェリーサービスセンターで春風亭《はるかぜてい》という定食屋を営んでいる。

「中学に上がって少しヤンチャな方に走る奴も多いのに大輔は健全ね、あのグループにも仲のいい人いるでしょ？」

「仲のいい奴はいるけどそれとこれとは別だね、あいつら格好つけて河川敷《かせんしき》で先輩からもらったタバコ吸ったりしてたし」

「大輔は吸ったりしなかったの？」

「吸うもんか、俺の舌が鈍《にぶ》ったら将来の夢が台無《だいな》しになるだろ」

大輔は将来、料理人を目指していると周りにも公言している。正直言ってそれが羨《うらや》ましく思う時もある。私は将来の夢なんて何も決まっていない。そういうところに関しては大輔は昔から固い意志を持っていたのだ。

「将来の夢、スーパーサイヤ人とかポケモンマスターとか言ってる時もあったのにね」

「幼馴染みって奴はかなり厄介な存在みたいだな……」

大輔がひくついたような顔になって苦笑いする。

「ということで、全部うまくいくようなナイスアイディア一緒にちゃんと考えてね」

「……ということで？　一体どういうことだ？」

「ほら、私一応放送部だからさ」

「……それは俺の子どもの頃の夢が、スーパーサイヤ人とポケモンマスターだったことを全校生徒にバラすという脅しか？」

「それに私の将来の夢はキー局のアナウンサーだからさ」

「むしろ全国民にバラそうとしてた⁉」

「冗談よ」

自分でも思うけど梅野君と話している時とは全然違う。まったく緊張しないし楽に話せている自分がいる。でも大輔は意外と他の女の子からの人気も高く、こうして話していると他の女子から羨ましがられることもあった。私は子どもの頃からの付き合いだから大輔に対しては恋愛感情なんて芽生えないし、そのモテる要素も全然分からないけど……。

そんな些細《ささい》なことでも、私が大好きなのは、やっぱり梅野君なんだと改めて認識してしまう。

「でも、一緒に考えてなんて言われても困るよね……」

梅野君が転校することはもう決まっていて、どうやっても覆すことなんて出来ないのは私にも分かっていた。

「……けど、何か後悔を残すようなことはして欲しくないけどな」

大輔が、真剣な表情で私を見つめて言った。

「だって、好きなんだろ、梅野のこと？」

その瞳を見て、私も思わず真剣に答える。

「私、梅野君が人生で一番好きになった人だと思う、きっと大人になってからもこんなに好きになる人はもういないと思うんだ」

言い終わってから、自分でもなんて青臭いことを言ってしまったんだと思った。途端に顔が赤くなる気がする。でも、本気でそう思っていたからそう言ったんだ。ただ大輔からどんな反応が返ってくるかは分からない。ぷっと吹き出されたりしてしまうかもしれないけど……。

恐る恐る大輔の顔をのぞき込んで見ると、その瞬間に思わぬ言葉が返ってきた。

「かっこいいな」

「えっ」

むしろ、あほか、とか言われると思っていたのに。

「俺、そこまで本気で好きになった人いないから、そういうの憧れるわ」

大輔は茶化《ちゃか》す様子もなく本気でそう言ってくれた。

そしてそのまままっすぐに言葉を続ける。

「何か俺にも出来ることがないか考えてみるよ、幼馴染みの人生で一番の恋を応援しない訳にはいかないからさ、だから二人で幸せになってくれよな」

大輔が、他の女の子からモテる理由が少しだけ分かった気がした。

◇

自分でも不思議だけど、大輔に相談をしてみて自分一人でも頑張ってみようという気持ちが湧いていた。

自分自身の気持ちに整理がついたのだ。私に出来ることは限られていて、そして時間も限られている。だから私は、ただもっと梅野君と一緒に過ごしたいと思った。その気持ちが一番だった。

だからこそするべきことは一つだ。

梅野君をデートに誘うことだった。

大人になると違うみたいだけど、デートなんて告白してからするのが、今の私たちの普通だ。思えば学校の外で梅野君に会ったことなんてない。

でもやっぱり、梅野君とデートがしたいと思った。

きっとこれが最初で最後のデートになる。

けど、それでも良かった。

ただ、梅野君との思い出を一つでも増やしたかったから。

「……梅野君！」

校舎を繋《つな》ぐ渡り廊下のところで梅野君に声をかけた。他には誰もいない。梅野君がたまたま理科の先生にプリントを集めるのを頼まれて、それで教室を出たところだった。大輔がそのタイミングを察知して私の背中を押してくれたのだ。

「柏木さん……」

梅野くんは少し驚いている様子だった。確かにこうやって急に話しかけたことなんてあまりない。でもほんの少し笑顔を見せてくれたようにも見えた。

「あの、その、ちょっと話があって……」

「……話？」

こうやって真剣に向き合って話すのは、告白した時以来だった。なんだかあの時のことを思い出してしまう。そして今、人生で初めてデートに誘うわけだから……。

「うん、あの、梅野君が転校しちゃう前にどこか一緒に行けたらって……」

でもそこで私が全部言い切る前に、梅野君の方から言ってくれた。

「行こう」

「えっ？」

「……デート、だよね？」

「デ、デート……かな」

私もその言葉がずっと頭の中にあったのに、改めて梅野君から言われて思わず顔が赤くなる気がした。たった三文字なのになんて甘い言葉の響きだろう……。

「よかった、嬉しい」

私も梅野君がそう言ってくれたことが嬉しい。もしかしたら梅野君も私とデートをしたいとずっと思ってくれていたのかもしれない。だとしたらますます嬉しすぎてなんだか走り出したくなるくらいだ。

それからとりあえず土曜日に出かけようとか日取りを決めて、詳しい内容は後日決めることにした。

デートに行くのはまだ先なのに、なぜかその日は家に帰ってからドライヤーで髪をセットしたり、押し入れからいろんな服を引っ張り出したりして一人でファッションショーをしてしまった。

どんな話をしよう。

どんな一日になるのかな。

ドライヤーのコードを指でぐるぐるしながら鏡を見て自分の顔を見つめた。

梅野君みたいにもう少し睫毛が長かったらよかったのになとか、もう少し鼻が高かったらよかったのにとか思ったけど、今はただ梅野君とデート出来るのが嬉しくて、そんなことは気にならなくなってしまった。思わず表情が緩んでしまう。

土曜日が待ち遠しい。

でもそれと同時に、胸の奥がほんの少しだけ痛みもする。

土曜日になってしまうと、それだけ時間が過ぎるということだ。

デートの当日には、もう梅野君が転校する日まで一週間を切ってしまうのだ。

別れも一緒にどうしようもないくらいに近づいてきていた。

私はそのことに気づかないふりをしてもう一度鏡を見て、今度は笑う練習をした。

「……どっちにしようか？」

◇

デートの当日を迎えていた。

電車に乗って木更津《きさらづ》のムービーランドという映画館に来ていた。二人で出かけるなら木更津まで一緒に行こうと言い出したのは梅野君で、そしたら最初に映画館に行こうと言ったのは私だった。

なんだか学校の中にいる時とは違ってうまく言葉が出てこない。ずっと心臓がどきどきしていた。思えば梅野君の私服を見るのも初めてだ。紺色《こんいろ》のポロシャツが似合っていて学生服の時よりも大人っぽく見える。私は気合を入れて少しだけ短めの丈のワンピースを着てきたけど、大丈夫だろうか。子どもっぽく思われていないだろうか。そんなことが気になって、……いや、他にもたくさんのいつもは気にならないようなことが気になって、いつまでも心が落ち着くことがなかった。

「……梅野君の好きな方でいいよ」

やっと言葉が出てきてくれた。

梅野君が見つめていた映画のポスターは二つ。

『スター・ウォーズ　エピソード2』と『猫の恩返し』。

好きな方でいいよと言ったのは、映画が大好きな梅野君にやっぱり好きなのを選んでほしいと思ったからだ。それにいまだにこんな心臓が落ち着かない状態では、どんな映画もまともに観ることは出来ないと思っていた。

「どうしようかな……」

梅野君はかなり迷っているみたいだ。梅野君の好み的にはスター・ウォーズの方だと思うけど、もしかしたら私に気を遣ってくれているのかもしれない。

「……私、スター・ウォーズの方もちゃんと最初のエピソード1から観てるから、こっちのエピソード2のやつでも大丈夫だからね」

本当はエピソード1を観ていないけど、私はそう言った。梅野くんが一番に観たい方を選んで欲しいと思ったから。

「……そっか、ありがとう。でもじゃあ猫の恩返しにしよう、ジブリ映画も欠かさず観てるから楽しみにしてたんだ」

一瞬の間があった後に、なぜか「ありがとう」とお礼を言ってから梅野君はそう言った。けど、梅野君がそっちを選んでくれたのは私としても嬉しかった。

「猫の恩返しね、私もジブリ大好きだから嬉しい」

「それは良かった」

梅野君が安心したように笑う。

それから階段を上って二階に上がる。その階段を一歩一歩上るたびに心臓がまたどきどきと動きを早めている気がする。席に着くとあまりにも距離が近くて、私のこの心臓の音も梅野君に聞こえているんじゃないかと心配になった。

――早く、映画が始まってほしい。

本当にこのまま二時間も一緒に隣の席で過ごしていたらおかしくなってしまいそうだ。学校で会っている時間と、こうして外で会っている時間はまったく別ものだった。

「……楽しみだね」

梅野君がまだ何も映っていないスクリーンを見つめながら言った。

「……そうだね」

私もまだ何も映ってないスクリーンを見つめながら言った。

「……柏木さんの今日のその水色のワンピース、すごい似合ってると思う」

「えっ」

楽しみだね、と言った後に、その言葉が続くとは思っていなかったから、思わず横を向いて梅野君のことを見てしまった。

そして、梅野君の口からはまた想像もしていなかった言葉が出てくる。

「楽しみなのって映画だけじゃなくて、今日柏木さんと一緒にいられることだから」

ビーーッ、と映画が始まるブザーの音がする。

私が返事をする間もなく場内は暗くなって、梅野君の顔ももう見えなくなった。

私の顔も見えなくなって良かった。

きっと梅野君には見せられないくらい顔が赤くなっていたはずだから。

ブザーの音とともに、映画だけじゃなくて、一緒に過ごせる最後の一日の時間が始まった気がした。

——映画が終わってからは、『猫の恩返し』の話でもちきりになった。というのも、私も梅野君も、ジブリで一番好きな映画が『耳をすませば』ということが判明したからだった。

「バロン、出て来たよね、耳をすませばで人形だったあのバロン！」

私がまだ冷めやらぬ興奮のままそう言うと、梅野君も同じようなテンションで言葉を返してくれた。

「ねっ、びっくりした、『ダメだハル、自分を見失うんじゃない君は君の時間を生きるんだ』って台詞《せりふ》が特にかっこ良かったね」

「梅野君台詞覚えちゃったの？」

「気に入った台詞があるとつい、ね」

梅野君が照れた様子で笑った。

でもそういうところが本当に映画が好きなんだなって改めて思ってしまう。

「なんだかもう一度『耳をすませば』が観たくなっちゃったなあ」

「分かる、天沢聖司《あまさわせいじ》君もかっこいいよね」

梅野君がそう言って、「オホン」と小さく咳《せき》ばらいをして言った。

「大丈夫だ。お前を乗せて坂道のぼるって、決めたんだ」

「あそこは名シーンすぎるよ！」

なんだか、今までで一番会話が盛り上がってる気がする。それに私はやっぱりこうやって大好きな映画を語っている時の梅野君が大好きだった。だからその姿が見たくて今日も映画を観に来たのかもしれない。『猫の恩返し』を観て本当に良かった。タイタニックの時と一緒で、私と梅野君の好きなシーンが同じだったのが嬉しい。やっぱり私たちは波長があっているんだと思う。好きなものが一緒で、こうして歩く歩幅も同じくらいだから。

「このまま、少し散歩をするのでいいんだよね？」

「……うん、このままがいい」

映画館を出てから一度どこかのお店に入ろうかと梅野君が言ってくれたけど、私は並んで外を歩きたいと言った。

二人で歩くのが好きだ。お店に入ると面と向かって話すことになってしまうけど、歩いてるときは一緒に同じ方向を向いているから、いつもは話せないようなことも話せる気がした。緊張が少しだけなくなって、その分安心感が増える。好きな人が目の前にいるよりも、隣にいてくれる方が私は嬉しい。

それからずっと並んで歩き続けた。映画の話だけではなく、色んな話をした。梅野君はもうすぐ転校してしまう。なのに、また新しい梅野君のことを知った気がした。

七月だからまだ日が長くて、午後六時を過ぎたころにようやく太陽が沈み始めた。もう帰らなければいけない。映画が終わってからは、あっという間に時間が過ぎた気がする。最初で最後のデートが、終わってしまう……。

「ここ、登ってみようか」

梅野君が、ある建物を指さして言った。

「あっ、ここ……」

きみさらずタワーだ。この場所の名前だけは知っていた。でもこの向かい合って並ぶ像がなにを示しているのかも私には分からなかった。そして梅野君は、そんな私の心を読んだかのように展望台に登るまでの間すらすらと説明してくれる。

「木更津という市名の由来になったとも言われているんだよね、日本武尊《やまとたけるのみこと》と、弟橘《おとたちばな》媛《ひめ》の悲恋の伝説。荒れた海を鎮めるために弟橘媛が身を捧げて、それから日本武尊が太田《おおだ》山《やま》から海を見下ろして弟橘媛を想い、何日もこの地を去らなかったことから、君不去《きみさらず》と呼ぶようになって……」

「……梅野君凄い、そんなことまで知ってるなんて」

私がそう言うと梅野君はほんの少しだけ恥ずかしそうにして言った。

「ごめん、調べたんだ。木更津でデートするって決まってから、なんだか居ても立っても居られなくなっちゃって……」

謝る必要なんて全然なくそう言ってくれたことが嬉しかった。梅野君が今日という日を、本当に楽しみにしてくれていたことが分かったから。

そして、たどり着いたタワーの展望台からの景色は美しかった。

空が青い。でも、昼間のような青空じゃなくて、とても濃くて、深い青だ。

夜になる前のわずかな時間。三百六十度をここからは見下ろすことが出来て、ぽつぽつと輝きだした夜の街の明かりがあたりを照らしている。ここからは遠いはずの東京、神奈川の明かりも見える、手を伸ばせば今にも届きそうなくらいに……。

「こんなに近いんだね、東京も、神奈川も」

私がそう言うと、梅野君は空を見つめて言った。

「星も近い気がする、ほら」

空にも星が見え始めていた。

「夏の大三角だよ、デネブにアルタイルに、ベガ」

「梅野君は、星にも詳しいんだね」

「映画に比べると全然だよ、ただ去年のしし座流星群があまりにも綺麗だったからそれから星をよく見るようになったんだ……」

「あっ、確かに去年の流星群は本当に凄かった……」

二〇〇一年のしし座流星群は、ピークの時間帯には、一時間あたり数千個もの流れ星が見られたので、観測史上に残るような年と言われていた。私自身、あれ以上の流星群を今までに見たことがない。空を見上げて流れ星を探すというよりも、見上げればもうどこかに流れ星があったのだ。星の雨のようだった。確かにあれは星に興味を持つようになるにはこれ以上ないタイミングだった。

でも、実を言うと私はそれよりも少しだけ前から星を見るようになっていた。

「……梅野君、『天体観測』って知ってる？」

あの放送室で、『小さな恋のメロディ』を梅野君が教えてくれた時のように、今度は私から質問をした。

私が星を見るようになった理由も梅野君に知って欲しかったから。

「天体観測って、こうやって星を見ることじゃなくて？」

「ううん、バンプオブチキンの『天体観測』」

私はポケットからＭＤウォークマンを取り出して、それからイヤホンを一つ梅野君に差し出す。

「きっと、今聴くと凄くいいと思うから、それに、千葉の佐倉《さくら》市出身のバンドなんだよ」

梅野君が、私のイヤホンの半分を耳に差す。

私の左耳と、梅野君の右耳がイヤホンを通して繋がって、なんだかその光景をふと考えてみるととても恥ずかしくなる気もする。距離だって今が一番近い。梅野君の息遣いが聞こえそうなほどに。

それから私は、ＭＤウォークマンの再生ボタンを押した。サイレンのようなギターの音から始まって歌声が聴こえてくる。

バンプの天体観測を聴きながら、なにか示し合わせた訳でもないのに、私たちは一緒に空を見上げた。

この曲を聴くと、いつもなら口ずさんで走り出したくなるのに、今は泣きそうになる。

ボーカルの藤原君の優しい声が、やけに頭の中に響く気がした。

この曲が終わったら、きっともう帰りの電車に乗らなければならない。

そしたら、もうこんな風に梅野君と一緒にいることは出来ない。

このまま永遠に、天体観測が終わらなければいいのに――。

「……流れ星って、明るい時間帯に見ることは出来ないけど、それでもちゃんと昼間の空にも流れてるんだって」

天体観測の曲が流れ終わった後に、梅野君はそう言った。

「だから、願いはいつかけてもいいんだと思う」

それから梅野君は、ポツリと呟くように言った。

「……ずっとここにいたい」

「梅野君……」

梅野君のわがままのようなそんな言葉を、私はその時初めて聞いた。

「……転校なんて、慣れっこのはずだった。小学生の頃から何度も繰り返してたから……。だから結局誰かと仲良くなっても、すぐにお別れになるから同級生と仲良くなろうとしなかったんだ。友達なんていなくてもいいと思ってた。だから映画ばっかり観てた。映画はいつだってどこだって観られるから、それでよかった。星も、そうだった、でも……」

梅野君が、イヤホンを私に返す。

「……柏木さんのことを好きになった」

私は、なにも返せなかった。

その言葉にも、その想いにも。

だって――。

「だから、今までで一番転校するのが辛《つら》いよ……、僕は、柏木さんとずっと一緒にいたい……」

梅野君が、今にも泣きだしそうな顔をして、それからどうやっても叶《かな》わない願い事のようにそう言ったから。

◇

家に帰ってから、なにも手につかなかった。来年は受験なのに、勉強だって全くする気になれない。梅野君のことばかりが頭の中にあった。だって、来年にはもう梅野君はいない。梅野君と一緒の高校に行ける可能性なんてまったくないのに、勉強を頑張る意味なんてあるのだろうか。

翌日の日曜日は、地元のレンタルビデオ店に行った。以前に梅野くんから教えてもらった『小さな恋のメロディ』をまだ観ていないのを思い出したからだ。

何度も行ったことのあるレンタルビデオ店だけど、梅野君と出会ってからは、この映画がたくさん並ぶ空間が今までとは別もののように感じる。『小さな恋のメロディ』のビデオテープを見つけた時は、何か宝物を探し当てた気分になった。でも少し気になったのは、その後にのぞいたSF映画のコーナーに、なぜかスター・ウォーズのエピソード1と4、5、6のビデオテープが並べられていたことだ。一体どういうことなのかは分からない。違うバージョンのものだろうか。今度また梅野君に会った時に聞いてみるのもいいかもしれない。

家に戻ってから、早速『小さな恋のメロディ』を観始めた。画面の中で描かれていたのは、あまりにも可憐《かれん》な子どもたちの恋の物語だった——。

物語の主人公であるイギリスの小学生の男の子ダニエルは、バレエの練習をしていた同級生の女の子メロディに恋をする。そして二人はお互いに惹かれ合い、その想いのままますぐ結婚の約束までする。それから駆け落ちのようにして、大人の目の届かぬところで結婚式を始めるのだ。

——素敵な恋の物語だった。

そして、まるで私たちのようだと思った。

大人の目の届かぬところで、秘密の恋愛をしている。そして今、大人たちにその関係をバラバラにされようとしていて……。

「…………」

映画を観終わってからあることを思い立って、その夜、電話機の前に向かった。チャンスはそんなに多くない。電話機は居間に置かれているのが一つだけだから、お父さんが寝室に行って、お母さんがお風呂に入ったわずかなタイミングしかなかった。

——今しかない。

その瞬間に、急いでクラスの連絡網を取りだして電話をかける。

——043……。

相手は、梅野君だ。

プルルルと音が鳴るうちに、また映画を観に行った時のように心臓の鼓動が早くなる。梅野君の家に電話をかけるのなんて初めてだ。親が出るかもしれないから電話したくても出来なかった。それでもなんとか梅野君が出てくれることを願って……。

「はい、梅野ですが……」

男の人の声だったが、梅野君の声ではない。

——梅野君のお父さんだ。

「あ、あの、夜分にすみません、達也《たつや》君と同じ中学の柏木と申しますが……」

「……そうですか、ご用件は？」

迫力に押されて引っ込んでしまいそうになる言葉をなんとか喉《のど》から押し出す。

「……達也君はいらっしゃいますでしょうか？」

「……今代わりますのでお待ちください」

なんとか言葉が出てきてくれて良かった。でも本当に緊張する。友達の家にかける時とは全然違う。梅野君のお父さんと、こんなタイミングで話してしまった。変に思われていないだろうか……。

「……もしもし、柏木さん？」

保留音の後に、梅野君の声が聞こえてきた。

「ごめん、梅野君。急にかけちゃって」

「びっくりしたけど嬉しいよ、ありがとう」

梅野君の声がいつもよりもずっと小さくて、まるで別人のように聞こえる。

「私も嬉しい、梅野君の声が聞けて」

きっと親に聞かれないように小声にしているんだろう。私と一緒だ。でもその声がなんだか耳元で囁《ささや》かれているようで恥ずかしくなる。

「携帯電話をお互いに持ってたら良かったんだけどね」

「私は高校生になってからって親に言われてるからなあ」

「僕も一緒だ、今欲しいんだけどね」

クラスでも携帯電話を持っている子は三分の一くらいで、中学を卒業したら買ってもらう子が多いみたいだった。

「でも私も今携帯電話を持っていたら、きっと梅野君と毎日のように連絡をとって、勉強なんてそっちのけになっちゃうから仕方ないのかもしれない」

「……それは僕も一緒だ。でもそんなこと言ってもらえるなんてすごい嬉しいよ」

「あっ、今のは……」

確かに面と向かっては言えないようなことをあっさりと言ってしまった。これも電話のせいだろうか。目の前に相手の反応が見えないから、つい自分の気持ちをそのまま言ってしまって……。

でも、もう一つ言いたい言葉があった。

「……地理の勉強をしているより、ダニエルと一緒にいたいのよ」

私が小さい声でそう言うと、梅野君も小さく笑った。

「観たんだね、小さな恋のメロディ」

「うん、観た。凄く面白かった」

梅野君の真似をして、好きになった映画の台詞を覚えようと思った。映画の中でそう言ったメロディの台詞がとても素敵だと思ったのだ。

私だって、受験の勉強をしているより、梅野君と一緒にいたい。

さすがに電話でもそんなことは言えない。

けど、私は今からそれよりももっと大それたことを言おうとしている。

「梅野君……」

お母さんがお風呂のドアを開けた音が聞こえた。

だから、もう電話を切らなければならない。

その前に、伝えなければいけない言葉があるんだ。

「梅野君……」

さっきよりも小さな声で、さっきよりも想いを込めて呼んだ。

どうしても、この言葉を梅野君に伝えたかったから――。

「――駆け落ちしよう」

◇

梅野君は、私の言葉にほんの少しだけ逡巡《しゅんじゅん》した後に、「うん、分かった」と言った。でも電話を切る直前に、こう言葉を続けた。

「……柏木さんがそう言ってくれて僕も嬉しい。でも、後もう一日だけよく考えてみて、……それでも本当にそうしたかったら、明後日《あさって》の午後五時に浜金谷《はまかなや》駅で待ってるから」

梅野君が、私の提案を受け入れてくれたことがまず嬉しかった。その日の夜は、なんだか気分が高揚してすぐに眠れなかった。梅野君と駆け落ちしてこの町を出るという目の前の現実に舞い上がってしまったのだ。

でも、次の日になって梅野君が、もう一日だけよく考えてみて、と言った理由がすぐに分かった。

朝になってお父さんとお母さんの顔を見た。

それから家で飼っている猫のミーを見つめた。

——駆け落ちするということは、今この傍《そば》にあるものと別れを告げるということなのだ。お父さんとも、お母さんとも、それにミーとももう会えない。学校の友達とだって会えなくなるだろう。

そんな今あるすべての関係性を引き換えにして、梅野君を選ぶということなのだ。

駆け落ちをするとしたら明日、火曜日——。

今日の学校の授業になんか身が入る訳がない。そもそも今週で学校も終わりで夏休みに入るから、ちゃんとした授業自体少なかった。

相談出来る相手なんていない。このことは大輔にも話せなかった。自分の中でずっと考えがぐるぐると巡っている。この町に残るか、それとも梅野君と一緒にこの町を出るか……。

学校が終わっても、まっすぐ家に帰る気にはなれなかった。迷いが頭の中にあって、それでいつもの帰り道すら迷ってしまいそうだったから。

そして、ふらふらと歩いているうちにたどり着いたのは、金谷のフェリーサービスセンターだった。

ここには海側の駐車場のところに恋人の聖地と呼ばれる『幸せの鐘』というものがある。

夕暮れ時にこの鐘をカップルで鳴らすと、永遠の恋が成就《じょうじゅ》するというものだった。周りを囲むチェーンにはカップルの名前が書かれた南京錠がつけられたりもしている。

今まではこの鐘のことなんて気にしたことなどなかった。そんなものどこにでもよくあるまやかしのような話だと思っていたし、ここに一緒に来たいと思える相手もいなかったから。

でも今は違う。

私も、ここで梅野君と一緒にこの鐘を鳴らしたかった。

梅野君がずっとここにいてくれれば、普通に付き合って、この鐘を鳴らして、それでずっと今のまま一緒にいられたはずなのに……。

ぼうっと眺めていた。でもそうやっていたせいかもしれない。突然、声をかけられた。

「幸せの鐘、鳴らしますか？」

そこにいたのは、フェリーサービスセンターの総合案内係さんだった。ここには何度か小さい頃から来ていたので、その顔を覚えていた。くるくるのパーマ頭が特徴的な人だ。

「……いえ、今は大丈夫です」

この鐘を一人で鳴らしたって意味がない。

梅野君とカップルになってから、ここに来て鳴らさなければいけないのだ。

「そうですよね」

そう言って、総合案内係さんは小さく笑った。そう答えを返されるのが分かっていたみたいだ。

「鐘を鳴らすよりも、船に乗ってどこかに行きたいように見えましたから」

心の奥底を見透かされたような気がした。確かに、私はさっきまでそう思っていた。梅野君のことを考えていて、それで駆け落ちをするってことは、こうして船に乗ったりして、どこか遠くへ行くことだと思ったから。

「……私も似たようなことを思っていた時があるから分かるんです。あなたと同じように今にも遠くに行ってしまいそうな顔をよくしていましたから」

「そうだったんですね……」

総合案内係さんにもなにかそういう過去があるみたいだった。駆け落ちとかではないにせよ、きっと遠く離れた場所からここに来たような理由が……。

「あの……」

私がそのことを訪ねようとしたところで、総合案内係さんの方がある人を見つけた。

「サクラさん」

手を振ってそう言うと、相手もこっちを見て手を振り返した。

サクラさんだ。

昔からこのあたりでは有名な、桜を植え続けているおじいさんだった。それでも同級生の間では、サクラさんを一年の間に十回見かけると受験に合格するとか、好きな人と結ばれるとか、これまた幸せの鐘の言い伝えのように言われていた。そんな噂《うわさ》もあるからなんだか今も手を合わせたくなってしまう。きっと、私の中に色んな迷いがあるからだろう。

それにしても、この二人が一緒にいるのも珍しい光景のように感じた。こっちの方が縁起がいいかもしれない。サクラさんはこの町の色んなところを歩いているから、それでいつの間にか二人とも仲よくなったのだろうか。

確かにこの金谷の町にも桜が増えた。

来年も春になれば、またサクラさんの植えた桜がこの町のそこかしこで見られるだろう。でも、駆け落ちしたらその桜ももう見ることが出来ない。

来年の春には、私はもうこの町にいないかもしれない。

それが何だか無性に寂しくて、これから夏休みが来るなんて思えなかった。

◇

「今までありがとう、ずっと忘れないから」

――私は、決心した。

「大丈夫、私のことは心配しないで、ちゃんとこれから梅野君と二人でやって行くよ」

この町を出て行くことを――。

「私の分もここで幸せになってね」

だから、自分の部屋に書き置きもしたけど、最後のお別れの言葉はちゃんと言いたかった。

「さよなら、ミー……」

家の猫にだけでも。

「私も梅野君と幸せになるからね……」

ぎゅうっとミーのことを抱きしめた。ミーはもちろん何が何だか分かっていない様子で、でもいつも通りのそのとぼけた顔がとても愛《いと》おしく感じられた。

もうこれからの私の世界はいつも通りからまったく変わってしまう。

もう、この家に帰ってくることもないのだ。

「さよなら……」

今度は、ミーとは後に続けなかった。

お父さんと、お母さんへの、さよならだったから。

——午後五時。

待ち合わせ場所の浜金谷駅に着いた。そしてこれは最後の意思表示でもある。この場所に私が姿を現すということは、梅野君と共にこの町を出て駆け落ちするということを示していたのだ。

「梅野君」

梅野君は既にそこで待っていた。

「柏木さん」

そうやって名前を呼び合うだけでもう充分だった。

それだけで私たちはお互いの意思を心の底から確かめられた気がした。

似たようなタイミングで頷《うなず》きあって、何も言わずに電車に乗り込む。

――内房線《うちぼう》の木更津駅行き。

まずはこの電車に乗ってから、木更津駅で乗り換えて、その後に千葉《ちば》駅へ向かう。

とりあえず東京方面へ進もうと決めていたのだ。

フェリーに乗って最初に神奈川に渡る手段も梅野君は考えたみたいだけど、滅多に乗らない船に乗る姿なんて、知り合いに見つかったらかなり怪しまれるだろうから断念した。電車に乗るだけなら、万が一誰かに見つかってもそんなに騒がれることもないはずだった。

電車は何事もなく進んで行く。同じ車両に知り合いはいない。元々こんな時間に上りの電車に乗っている知り合いなんてほとんどいなかった。

そして、あっという間に前にデートで来た木更津駅に着いた。

「……そういえば、この曲知ってる？」

木更津駅で千葉行きの電車に乗り換えた時、梅野君が私に向かって突然そう言った。私はここまでずっと押し黙っていた。駆け落ちをした自分に、今になって心がざわついて仕方がなかったのだ。梅野君はその様子を察していたのかもしれない。柔らかな声でそう言って、MDウォークマンから伸びる片方のイヤホンを、前に私が天体観測の曲を教えた時のように差し出した。

「えっ、これ……」

でも、梅野君から貸してもらったイヤホンからは私が想像もしていなかったような音楽が聞こえてきた。

「……中国語？」

私の言葉に梅野君がニコッと笑う。

「正解」

正解と言われても喜んでいいのか分からない。でも聞いたことのない中国語の曲のはずなのに、なぜか聞き覚えがあった。どこかで聴いたような……。

「……これ、昼放送で流したことある？」

「すごい、柏木さん大正解、正確にはこの歌の原曲の英語バージョンを前に昼放送で流したんだ」

今度は大正解。でもそんな些細なことを覚えていたのも、この曲がなんだかいいなって私自身が聴いた時に実際に思っていたからだった。ポップなんだけど、なんだか幻想的で、ずっと聴いていたいと思わされる気がして……。

「……これ、なんて曲なの？」

「原曲はアイルランドのバンドの『The Cranberries』の『Dreams』って曲だよ、それを『恋する惑星』って映画の中で、中国の歌手で女優のフェイ・ウォンって人がカバーしたんだ。中国では『夢中人』って曲名」

「Dreams……、夢中人……」

でも私がその中で一番気になったのは、もう一つの言葉だった。

「恋する惑星……」

なんて素敵なタイトルだろう。

その言葉に惹かれたのをすぐに見抜かれたのか、梅野君がそのタイトルの説明をしてくれた。

「恋する惑星といってもね、SF映画じゃないんだ。元のタイトルは『重慶森林《じゅうけいしんりん》』といって、重慶の森林のような雑居ビルを舞台にした登場人物たちの人間模様とか恋愛が描かれた映画だからね」

「そうなんだ、……でも、じゃあなんで恋する惑星なんてタイトルが付いたの？」

私が尋ねると、少しだけ日が沈み始めた空を見て梅野君が言った。

「……惑星って惑う星って書くよね、なんでか知っている？」

私が小さく首を振ると、梅野君が説明を始めてくれた。

「地球から空を観察してみると、自身で光り輝く太陽みたいな恒星は、互いの位置関係をほとんど変えることなく天空を回っているけど、地球も含めた水星や金星などの惑星は恒星の動きから外れてふらふらと彷徨《さまよ》いながら移動しているように見えるよね、だから惑星と呼ばれるようになったんだ。昔は遊星なんて呼ばれてもいたし」

「……そうだったんだ、知らなかった」

梅野君はやっぱり星も好きなんだ。去年のしし座流星群から好きになったと言っていたけど、きっとそれよりも前から好きだったんじゃないかと思う。だって、星のことを語る時の梅野君は、映画を語る時と同じような顔をしていたから。

「だから、きっとその惑星ってのは人を表してるんだと思う」

「惑星が、人を表している……」

「うん、恋をすると色んなことに惑ってふらふらと彷徨ってしまうことってあるよね、だから『恋する惑星』は『恋する人たち』のことなんだと思う」

梅野君が微笑《ほほえ》んでそう言ったので、私は思わず深く頷いてしまった。

惑うことはたくさんある。梅野君のことを好きになってからは本当に惑ってばかりだった。

駆け落ちしようと言い出したのは私の方だけど、それでも本当に何度も何度も惑って決心したのだ。それに、今だってその惑いがなくなった訳ではない。電車がもっと進んで行くうちに、この惑いもなくなるといいのだけど……。

恋する惑星の話を最後に、会話は止《や》んだ。車窓から見える景色が徐々に見慣れないものに変わったせいかもしれない。それに、空が暗くなり始めてからは不安が胸の中で大きくなり始めていた。

もうすぐ夜になる。今日泊まるところとかはどこになるだろうか。ずっと貯めていたお年玉も持ってきたし、当面の準備はしたつもりだけれど、それから先はどうすればいいんだろう。

もう一日よく考えてみて、と梅野君は言ってくれたけど、その一日で私はよく考えることが出来たのだろうか。

それに私が駆け落ちしようと言ったのも、『小さな恋のメロディ』を観たからだった。あのダニエルとメロディの恋の物語に憧れて――。

でも、あれは映画の中だけのお話で――。

「……私たち、これからどうなるんだろうね」

ふと、呟いた。

それはきっと私の中の惑いが言葉になって溢《あふ》れ出てきてしまったんだと思う。

「……まずは泊まるところを見つけなくちゃね、それからいずれは働けるようなところも」

「……中学生で働けるようなところなんてあるかな」

「……探すよ、それに高校生の振りをすれば大丈夫だと思う、僕は年上に見られることも多いし」

「確かに、そうだけど……」

梅野君が私の不安を吹き飛ばそうとして言ってくれたはずなのに、上手く笑えない自分が嫌だった。

駆け落ちだって、私から言い出したことなんだ。

だから、今更私だけが勝手に不安がる訳にはいかない。

もう、決心したんだ。

でも――。

また会話がなくなって、空はどんどん暗くなって、電車はひたすらに私が生まれた町を離れて走って行く。

遠く、遠く、離れて行く。

暗闇の中に、底知れない宇宙の果てに吸い込まれていくかのようだった。

目を凝らしても、夜空の中に流れ星は見えない。

でも、火星と木星は見える。

あれも、惑星。

惑う星。
私もまた惑っている。
いつまでも惑っている。
このまま、私たちはどうなるんだろう――。
――五井《ごい》駅。
そもそも、中学生二人で生きていくことなんて出来るのだろうか……。
――八幡宿《やわたじゅく》駅。
本当に、私はよく考えて答えを出したのだろうか……。
――浜野《はまの》駅。
梅野君は、どう思っているんだろうか……。
――蘇我《そが》駅。
私が勝手に振り回してしまっただけではないのだろうか……。

——本千葉《ほんちば》駅。

本当に、この選択をして良かったんだろうか……。

——千葉駅。

目的地にたどり着いても、私はいつまでも惑っている。

恋する惑星のように——。


——終点の千葉駅に着いて、私たち二人以外の乗客が全員電車から降りた。

それでも私は席から動けないままだった。

車掌さんから降ろされることもない。このまま乗っていれば木更津方面へとまた引き返し始めるからだ。

見たこともない光景を見るのが怖くて、ずっと閉じていたけど、その目を開けた。

するとまばゆいくらいの光が差し込んできた。

明るい駅。ホームがいくつもあって、それに人がたくさんいる。

地元の駅よりも数倍賑《にぎ》やかで明るい場所のはずなのに、今の私にとってはなぜか寂しい場所に見えて仕方なかった。

こんなにもたくさんの人がいるのに、知り合いは一人もいないのだ。

その事実が心の奥底をぎゅっと締め付ける。
電車で二時間足らずの場所、それなのに遠く離れた星に来てしまったように感じた。
私たち二人は、宇宙空間を惑って、この星に不時着したようだ。
ここでは、私たちは息をすることが出来ない。
私たち中学生の子ども二人だけで、生きていくことなんて出来る訳がない――。
「柏木さん……」
梅野君から、名前を呼ばれた。
もう、ダメだった。
その私を心配する優しい声が――私の大好きな声が、最後のきっかけになった。
「わあぁっ、あぁぁ……」
涙が、零《こぼ》れ落ちてきた。
「あぁぁあっ……」
もう、止まらない。
不安が、涙になって零れ落ちてきた。
勢いのままだけで「駆け落ちしよう」なんて言ってしまった。
後先を何も考えていなかった。
二人だけで生きていくことなんて出来る訳がなかった。

地元も家族も友達も捨てて見知らぬ土地で生きていく覚悟なんて私にはなかった。
甘っちょろかった。
私だけがいつまで経ってもなんの成長もしていない子どもだ。
いまだって人目も憚《はばか》らずに泣きじゃくっている。
梅野君はそんな顔の一つも見せていないのに。
梅野君だって私と同じように不安なはずなのに。
私だけが未熟だった。
こんな自分が、本当に嫌いだ――。
「柏木さん……」
梅野君がもう一度私の名前を呼んだ。
でも、その言い方はさっきとは別もので、もう何か決心しているようだった。
そして、私の頭にそっと手を置いて言った。
「……一緒に帰ろう」
それが答えだった。
きっと、梅野君はこうなることが分かっていたのかもしれない。
それでも私の愚かな提案に乗ってくれたのだ。
だってその言葉は、ずっと前から梅野君の中にあった気がした。

私の中にもあったはずなのに、言えなかった。

臆病だったから。

――そして、私だけが幼い子どもだったから。

◇

夜の九時に家に戻ると、騒ぎになっていた。

お父さんもお母さんも家の外に出ていて、それから近所の人と、梅野君の両親もいた。

梅野君のお父さんは、梅野君の頭を強引に摑《つか》んでうちのお父さんの前に来て、「二度とお宅の娘さんのご迷惑にならないように今後一切近づけさせません、本当に申し訳ありませんでした」と言って頭を下げさせた。

梅野君は何も言わなかった。

私が何かを口にする間もなく、そのまま梅野君は家に連れていかれてしまった。


次の日、学校に行くともう梅野君の姿はなかった。

昨日のことは既に噂になっていて、ひそひそと私と梅野君を馬鹿にするような声も聞こえてきたけど、「事情も分かってない奴が口挟むんじゃねえよ」と、大輔が一蹴《いっしゅう》してくれた。

教室の隅には、ぽつんとひとつだけ空いた梅野君の席がある。

誰も、もうそこに座る人はいない。

後になって知った話だけど、スター・ウォーズはエピソード4が一番最初で、それから5、6、1、2、3と繋がっていく物語らしかった。

私はそんなこと全然知らなかった。

やっぱり梅野君はそれを分かっていて、愚かな私の話に付き合ってくれていたのだ。

もうすぐ、夏休みになる。

梅野君のいない、夏がくる。

でも、私はそのまま秋でも冬でもどんどん過ぎ去って欲しいと思う。

早く、卒業したかった。

だってここには梅野君の抜け殻がいたるところにあって、それを見つける度に私は梅野君のことを思い出してしまう。

きっと、もう放送室に入ることもないだろう。
きっと、もう小さな恋のうたが校舎の中に流れることもないだろう。
窓からは私の心とは正反対に、突き抜けるような青い夏の空が広がっていた。
梅野君は、昼間にも見えないだけで流れ星は流れていると教えてくれた。

それなら今、私も願いをかけたい。
たったひとつの願い事。
梅野君に会いたい――、なんて贅沢《ぜいたく》な願いはかけない。
ただ、早く大人になりたかった。

第四話　卒業写真

もうすぐ高校生活が終わる。

実感なんてまるでないけど。

「食らえ大輔《だいすけ》、イナバウアーアタック！」

「そうはいくか、ジダンヘッドバット！」

卒業式を一ヶ月後に控えた教室の中はとてつもなく気が抜けていた。

受験組は試験の真っ最中で学校自体来ていないし、登校しているのは進路が決まった奴《やつ》らだけ。かくいう俺も四月から東京の調理師学校に通うことが既に決まっていた。

「はいレッドカード！　大輔一発退場な！」

「ええ、そんなぁ〜」

だから今はこうして教室の中でふざけあう毎日だった。中にはこの期間を有意義に使って自動車の免許を取りに行く奴もいたけど、俺はそんなことはしない。目一杯遊んで過ごすことに決めたのだ。専門学校の忙しさは並じゃないと聞いていたし、どうせこれから忙しくなるなら、今が最後のモラトリアム期間だと思ったからだ。

「……いい汗かいたぜ」

そう言って、一旦友達とのプロレスごっこを止《や》めてポケットに手を突っ込む。するとこれから何が起きるのか周りも分かったようでニヤニヤし始めた。

「出るか、出るぞー！」

「ふぅ……」

「ハンカチ王子だー！」

青いハンカチを取り出して汗を拭く振りをすると、歓声があがった。でも最近は笑いまでは起きない。もう新しいネタを考えた方がいいのだろう。この前雪が降った時に「こなあぁゆきぃぃ〜！」とレミオロメンを真似《まね》して熱唱した時の方が確実にウケていた。でもまたこういうネタはあっという間に流行が変わるから、タイミングをちゃんと考えないといけない。そこを外すとただの空気を読めないＫＹキャラになってしまう。高校生はカッコつけてなんぼだ。人生の中でも一番カッコつけたがりの時期だと思う。

――キンコーンカンコーン。

チャイムが鳴って昼休みが終わる。この後はＬＨＲがあってもう帰りの時間だ。黒板を使って絵のしりとりをしていた女子たちや、ストーブの周りに立っていた生徒たちも席に着き始める。

教室の窓から眺《なが》める外の景色は寒々としているけれど、それでも確実に春は近づいている気がした。その証拠に窓際の日の当たる席はやたらと気持ちがいい。

「ふわぁ……」

眠くもないのにあくびが出た。でもこんな感じで、気が抜けきったまま毎日が過ぎて行く。

最近は太陽の動くスピードが速い気がした。こんな調子でいったら、あっという間に卒業式になってしまうのではないだろうか。

……なんだろう。

毎日笑って過ごしているし、退屈している訳じゃない。

でも、何か物足りない気がする。

こんな感じのまま高校生活を終えていいのだろうか。

俺、これで卒業式で本当に涙を流したりするのかな……。

今はそんな気配一ミリも感じられない。でも俺がそんなことを気にしても意味はないのだろう。時が来れば勝手に卒業式になるし、きっとこの物足りなさも、時間が埋めてくれるはずだ。

今の俺は、勝手にそう思うことにした。

——でもそんなある日、町田亨《まちだとおる》と出会った。

正確にいうと、もっと前に出会っていたのだけれど。

◇

「あいつ、どこへ行く気だ……」

いつもの帰り道の、何気ない風景の中に、いつもはない姿が混じっていた。

というのも、学校から最寄りの木更津《きさらづ》駅近くの道にクラスメイトの町田がいたのだ。町田とはクラスでもほとんど話したことはなかったが、自転車通学ということだけはなんとなく記憶していた。真っ黒なマウンテンバイクに乗っていたから印象に残っていたのかもしれない。だからその町田が駅前にいるのが珍しくて目に止まったのだ。そして町田はそのまま駅を通過して先へ進んで行く。

「怪しい……」

単純に気になった。なぜこんなところにいたのだろう。そしてその後を追ってみようと決めたのは、もっと単純で暇《ひま》だったからだ。

町田はまだ人も多い街中ということもあってか、ゆっくり自転車を漕《こ》いでいる。これなら充分歩きのままでも追えるし、いざとなったら走って追いつくことも出来そうだった。要は暇つぶしだ。何か明日の話のネタになることでもあるといいなとか、そんな感じで。

「はぁ……」

……ただ、途中になって思いっきり後悔していた。

「はぁはぁ……」

町田はいつまで経《た》っても止まらなかったのだ。かなりの距離を漕ぎ続けている。そもそも自転車の後を追うのが無謀だっただろうか。スポーツは好きだったから体力には自信があった。サッカー部の試合に助《すけ》っ人《と》で出た時だって部員にも負けていなかった。ジダンばりのマルセイユルーレットからミドルシュートを決めた時はW杯並みの歓声が起きたのだ。でも今は、こっちの方がきつい気がする……。

「あいつ、どこへ行く気だ……」

ついさっきと同じ言葉が口をついて出てきた。

……もう帰ろうか、やめようか。

というか町田の姿を既に見失っていた。ずっと県道87号を北上して進んでいて、それから野球場のところで左に曲がったところまでは見えていたから、こっちの方にいるのは間違いないんだけど……。

一体俺は何のためにこんなことをしているのだろうか。もうすっかり日も暮れかかっている。しかもこの先に別に楽しいことが待っているわけでもない。暇つぶしのために来たはいいけど、とんだ無駄足になりそうだった。

「あっ」

そんな後悔がピークを迎えた時だった。

町田を見つけた。

でも、ただ見つけただけじゃない。

町田がいつも過ごしている世界の中に、こっそり迷い込んでしまったかのようだった。

「すげえ……」

なんだこれ……、ってのが最初の感想だった。それから感嘆に変わった。というのも目の前には現実と御伽噺《おとぎばなし》が混ざり合ったような不思議な光景が広がっていたのだ。

海の中に電柱があって、その連なりが今にも沈もうとする夕日の先へ延びている。太陽の周りはもちろんまぶしいくらいのオレンジ色だけど、そこから順々に七色の空が広がっていて、その空と対照的に無機質な電柱が立ち並ぶ姿は異様な雰囲気に包まれていた。

傍《かたわ》らの看板を見つける。江川《えがわ》海岸と書かれていた。こんなところが学校から自転車で来られる距離にあるなんて知らなかった。いつもこんな光景が広がっているわけではないのだろう。特にこの夕方の時間帯というのが、全く別の風景を作り出している気がした。

そしてその風景の中心に町田がいる。カメラを構えて立っていた。一眼レフと呼ばれる上等なやつだ。あんなカメラを持っている奴なんて俺の友達には一人もいない。

町田は俺に気付くこともなく、ただ沈む夕日の写真を撮り続けている。俺もその間、声をかけることはしなかった。そしてその手が止まったのは、完全に夕日が沈みきった後で、それと同時に俺の存在にも気づいたみたいだ。

「……桜木《さくらぎ》君、なんでこんなところに？」

俺がさっきまでずっとしようと思っていた質問を、町田の方が先にした。確かに町田にしても俺がここにいるとは想像していなかっただろう。

「……それはこっちの台詞《せりふ》だよ、町田はこんなところに毎回一人でよく来てるのかよ」

そこで町田が若干《じゃっかん》驚いた顔をした。

「桜木君、僕の名前知ってたんだ」

「クラスメイトなんだから当たり前だろ、それにお前だって俺の名前ちゃんと知ってたじゃないか」

「僕と桜木君とでは話が別だから……」

何が別なのかはよく分からないが、町田はそう言ってもう一度目の前の景色に目を移す。

もう夕日は沈んでいた。でも逆に日が沈んでからますます空は冴《さ》え渡って美しくなったように見える。そう思ったのは俺だけではなかったようだ。

カシャッ。

いつの間にか町田はカメラを持ち直していて、空に向かってシャッターを切っていた。小気味《こきみ》良い音があたりにこだまする。

「……いい音するな、それ」

俺や周りの友達が持っているインスタントカメラとは全然違う。ただの機械の音ではなく特別な魔法でもかかった音のように聞こえた。

「じいちゃんのおさがりのカメラなんだ、キヤノンのF‐1って、年代物のいいやつなんだよ」

「そうなのか、カメラ好きなんだな」

「一応写真部だからね」

「えっそうなのか？」

「桜木君は帰宅部だったよね」

「そうだけど……」

「でも、サッカー部の試合に助っ人で出ていたくらいサッカー上手《うま》いよね」

「よく知ってるな」

「みんな知ってるよ」

町田は本当に当たり前のことのように言ったので、なんだか町田が写真部だったことを知らなかったのが悪い気がしてきた。でも、わざわざこんなところまで来て一人で撮るくらいだから、写真の腕は相当なものなのだろう。今は純粋に、町田の撮る写真に興味が湧いていた。

「……綺麗《きれい》な写真を撮るコツとかあるのか？」

「……写真には写らない美しさを撮ろうとすることかな」

めちゃくちゃかっこいいこと言うな……って一瞬思ったけど、すぐにその言葉が誰のものか気づいた。

「ブルーハーツっぽい言い方するなよ」

「あっバレた？」

ブルーハーツの『リンダリンダ』という曲の中で、似たようなことをボーカルの甲本《こうもと》ヒロトが歌っていたのだ。

「ブルーハーツ好きなのか？」

確か俺たちの生まれる一年くらい前に出された曲だ。懐メロに該当するけど、時折テレビとかでも流れてくることがあるし、その曲を知っている奴は多かった。

「そんなに詳しい訳じゃないけど、その曲はいいなって思ったんだ」

「意外とロックが好きなんだな」

「桜木君も好きだよね、文化祭ではアジカンの曲とかエルレの曲バンドでやってたし」

「……本当によくそんなことまで知ってるな」

勢いとノリだけで作った酷《ひど》い有様のバンドだった。文化祭が初めてのライブで、そのまま最後のライブとなり、メンバーは俺も含めてそれ以来楽器を触っていない。

「……この電柱って、一体なんでこんなところにあるんだ？」

話を変えたいのもあって、俺は目の前の景色を指さして質問した。

最初から気になっていたことでもあったのだ。

「これはね、沖合でアサリの密漁《みつりょう》を監視する小屋に電気を送るために建てられたものなんだよ。でも今はもう使われてないらしい。老朽化も進んでるから、いつまで残っているかも分からないね」

「そうなのか……」

確かにそう言われるとすでに朽ちかかっているような気もした。でもそのレトロな感じも相まって、この美しい光景を作り出している気もするけど……。

「こんなに綺麗なんだから、ずっと残せばいいのにな……」

俺がポツリと呟《つぶや》くと、町田が小さく笑って言った。

「ずっと残す方法があるよ」

「えっ？」

俺が驚いた声をあげる間に、町田がもう一度、海に延びる電柱の列に向かってシャッターを切った。

カシャッ――。

「これで、写真の中にこの景色が永遠に残るよ」

そう言って少し恥ずかしそうに笑った町田の顔は、美しい空と海の景色の一部として輝いているように見えた。

「町田、お前……」

その後に続く言葉は、素直に出てきた。

「めちゃくちゃカッコいいな」

「ごめん、カッコつけた」

そう言ってもう一度町田が笑う。今度の言葉はどこかからのパクリではないことは分かる。だから、いくらカッコつけてもカッコよくならない奴だってたくさんいるんだぞって言おうとしたけど、きっとそんなことを言っても町田は喜びそうにないから違う言葉を口にした。

「町田の写真、今度俺に見せてくれよ」

俺の言葉に町田は満面の笑みを見せて、「楽しみにしてて」と言った。

◇

翌日、学校に行くのが久しぶりにワクワクした。思いがけない出会いだった。というか思いがけない発見といった方が正しいかもしれない。クラスメイトの新しい一面を見つけることが出来たのだ。それもこんな卒業式も差し迫った頃に。

でも教室で話しかけるタイミングはなかなか見つからなかった。席は離れているし、授業の合間の休み時間にはいつもの友達が絡んでくるから、席を離れることも出来なかった。昼休みになったら必ず話しかけにいこうと思っていたけど、町田は昼休みになった途端、教室から姿を消していた。

「あいつ、どこに行ったんだ……」

これでは昨日の再現だ。またいつの間にか町田の姿を見失っている。でも今までも昼休みは普通に教室で飯を食べていた気がするんだけど……。そういえば町田と仲のいい友達って誰だったたっけ。確か近くの席の奴とは話していた気がする。なんだか自分が情けなくなってきた。クラスメイト一人のことをこんなにも知らなかったなんて。

昨日の一件はあるけど、急に話しかけに行って、うざいとか思われたりしないだろうか。でもまずその前にあいつがいるところを見つけ出さなければいけない。どこにいるんだろう。もしかして今もどこかで写真を撮っていたりするのだろうか……。

「あっ」

そんなことを考えているうちに町田を見つけた。

想像通り、町田は写真を撮っていた。町田がいたのは非常階段の踊り場だ。そこからの景色は、俺も去年、一度足を止めたことがある。ある花を見つけたのだ。

木蓮《もくれん》の花だ。桜より一足早くその花はわずかにつぼみをつけ始めていて、その姿を町田はあのキヤノンの一眼レフカメラを使って写真に収めていた。

やっぱり町田は何か他のクラスメイトとは感覚が違う気がする。感性と言ってもいいだろうか。昼休みにわざわざ木蓮の花の写真を撮っている奴なんて他にはいない。いやそれどころかこの学校中を見渡しても、こんなことをしているのは町田しかいないはずだ。しかもまだつぼみのハクモクレンを。

「町田」

俺が声をかけると、町田が振り向いた。

「ハクモクレン、撮ってたのか」

「桜木君、よくこの花がハクモクレンって知ってたね。まだちゃんと咲いてないのに」

「……まあ、たまたまな」

「そっか、ハクモクレンの次は桜が咲くよね、楽しみだなあ」

町田がどこか遊園地に行く計画でも話すかのようにそう言った。

「……桜といえば俺の地元の金谷《かなや》にも結構増えてきたんだよなあ」

「えっ桜が増えてきたってどういうこと？」

町田は興味が湧いたみたいで俺に質問する。

「みんなからサクラさんって呼ばれてるじいさんがいてさ、その人が町の色んなところに桜を植え続けているんだよ」

「なにそれ、変わった人だね」

いや、お前も結構変わり者だけどな、と言おうと思ったけど、それよりも先にサクラさんの話をすることにした。

「確かに変わってるんだよ。サクラさんが町に桜を植え始めた本当の理由を、誰も知らないしな。でも地元の友達の間では、サクラさんと桜が一緒に写った写メを、携帯の待ち受けにすると幸せになれるってチェーンメールが回ってくるくらい、縁起のいい人になってるんだよ」

「そうなんだ、じゃあ僕もサクラさんと桜の写真が撮れたら幸せになれたりするのかな」

「おう、きっとなれるよ、サクラさんは実際にいい人だから」

俺がまだ小さい頃の話だ。母さんが書いた思い出のノートを探しに、遠くまで行ってしまった時、サクラさんが俺のことを見つけて、それでハクモクレンと桜の咲く場所まで連れてきてくれたのだ。そのおかげで後になって親父《おやじ》に見つけてもらうことが出来た。だから俺はサクラさんのことをそれから、自分のじいちゃんのようにも慕っていた。

ただ、そこで町田が思わぬ発言をする。

「じゃあ、サクラさんが土曜日にもいるといいけどなあ」

「えっ？」

「ちょうど今週の土曜日に館山《たてやま》に行こうと思ってたんだ。だからその帰りに金谷に寄ろうかなって」

「館山？　そんなところまでわざわざ何しに行くんだよ？」

「もちろん、写真を撮りに」

訊くまでもなかった、というか訊く前に俺も分かってなければいけない。

「館山かあ、ここからでも電車で一時間半ぐらいかかるから遠いよなあ」

「自転車で行くつもりだよ」

「自転車⁉」

今度は聞いておいてよかった……。いや、というか訊いたわけではない。たまたま町田が言ってくれただけだ。でもここから自転車だとどれくらいかかるのだろう。俺だって木更津より館山に近い金谷に住んでるけど、行く時はいつも電車だった。そもそも電車だって浜金谷《はまかなや》駅から館山駅まで四十分くらいかかる。それで浜金谷駅から木更津駅も同じくらいかかるから、つまり電車で一時間半近くかかるところを町田は自転車で行こうとしている訳で……。

「……やっぱりお前はサクラさんに負けないくらいの変わり者だよ」

「そうかな？」

そう言って町田は小さく笑った。

でもあれだ。やっぱりその笑顔が今の俺には不敵な笑みに見えて、なんだかカッコよく見えてしまう。

——なんかこいつ、やっぱり凄《すご》い。

「……俺も行く」

その凄さをもう少し近くで見たい。

「えっ？」

そして町田のことをもっと知りたい。

「俺も館山まで一緒に自転車で行く！」

今度は、暇つぶしなんかじゃなかった。

◇

――土曜日、午前九時。

予定した待ち合わせの時間ぴったりに町田は浜金谷駅に現れた。木更津から金谷までは二十キロ近くあるけど、町田にとってはへっちゃらだったみたいだ。

「……桜木君、それで本当に大丈夫？」

というか心配げな目を向けられたのは俺の方だった。まあその理由も分かる。俺が乗ってきた自転車は、なんの変哲もないママチャリだったからだ。

「なんだよ、文句あるのか」

「文句はないけど不安はあるかな」

「そんな不安、俺がすぐに吹き飛ばしてやるよ！」

ママチャリのペダルに颯爽《さっそう》と足をかける。カッコつかないのはよく分かっている。町田の方は通学にも使っているマウンテンバイクだった。もはやまたがっているだけで本格的だし、背中に背負ったリュックサックも似合っている。かたや俺の方はカゴに長ネギでも入れておいた方が似合うはずだ。でもまあ持ち前の体力でカバーすることにしよう。

「よしっ、出発だー！」

早速、自転車を漕ぎ始める。まずは海沿いの道に出て、それからひたすら南下する進路だ。道は走りやすい。海から吹きつける風は若干冷たくも感じるけど、ペダルを漕いでいる内にいつの間にか気持ちいいくらいになった。

思えば自転車をこんなふうに漕ぐのも久しぶりだ。中学生の頃まではよく乗っていたけど、高校生になって電車通学が始まってからはあまり乗らなくなった。

「はぁはあ……」

ってか町田が速い。特にちょっとした坂道になるとついて行くのに精一杯だ。目の前のリュックサックがどんどん小さくなっていく。でも俺も追い付かなければいけない。勝手についていて行くと言った以上、ここでお荷物になるわけにはいかないのだ。

「大丈夫？」

町田がこっちを振り向いて言った。また心配そうな顔をしている。

「サッカー部助っ人の脚力を舐《な》めんなよお！」

声を上げて、ずんと推進力をあげて一気に追いつくと、町田がまた小さく笑った。

「そうこなくちゃ」

不敵な笑みだ。どうやらまだまだ町田には余裕があるらしい。でも思いっきり声をあげたら活力が戻ってきたのが自分でも分かった。足に疲れは溜《た》まってきているけど、爽快感がある。気持ちが充実していた。

「よっしゃ下り坂きたー！」

長い坂道を越えた先に待っていたのは、天国だ。

「いやっほー！」

両足をペダルから離して八の字に開いたまま、空《す》いた道の真ん中を通って下って行く。

「わーい！」

町田も俺の声に触発されたのか声を上げた。

でもなんだかその声の出し方が、明らかに慣れていなくて思わず笑ってしまった。

「なんだよ、わーいって！」

「こ、こういうの慣れてないんだよ！」

やっぱり当たっていたみたいだ。

「もっと腹から声出せよー！」

「いぇーいなんて、人生でまだ一回も言ったことないよ」

「いぇーい！　とかさ」

それもやっぱりそんな気がした。

「じゃあ適当に好きな子の名前でも叫んじゃえよー！」

「えっと……」

町田が迷った顔を見せた後に出てきたのは、俺が想像もしていなかった名前だった。

「と、戸田恵梨香《とだえりか》ぁー！」

「好きな芸能人かよ！　ってか町田は『野ブタ。をプロデュース』だと堀北真希《ほりきたまき》より戸田恵梨香派か！」

　野ブタをプロデュースは高二の時にやたらと流行《はや》ったのを俺も覚えている。いまだに帰りの挨拶《あいさつ》代わりに「バイシクルー！　バイバイシクルー！」とかドラマの中の台詞を言ってる奴もいるし、カラオケに行くと必ず誰かが『青春アミーゴ』を歌った。

　でもまた町田の口からは思わぬ言葉が返ってくる。

「……えっと、僕は『デスノート』のミサミサの戸田恵梨香が好きなんだよね」

「結構こだわり強いな！　まあいいやそれで！」

　それから今度は二人合わせて声をあげた。

「堀北真希ぃー！」

「戸田恵梨香ぁー！」

　側《はた》から見たらアホな二人だっただろう。

　でもなんだかこういう時、青春してるなあって気がする。

　こんな風にずっと過ごしていられればいいんだけどな。

　なんだか今になって高校生活があっという間に終わってしまったなと実感していた。

　こういう時間ってこれから先もあるんだろうか。

　きっともうない気がする。

そう思うとなぜだか分からないけど、もう一回大声で叫びたくなった。

◇

館山ファミリーパークに着いた。釣りやパークゴルフも出来る施設だけど、町田が館山まで来たお目当て、はこの園内にあるポピーの里だった。そして確かにそのポピーが咲き乱れる光景は、ここまで必死で自転車を漕いできて良かったと、心から思わせてくれるものだった。

まさにお花畑だった。辺り一面にポピーの花々が咲き誇っているのと、周りにヤシの木が生えているのもあって、もしも天国に夏があったら、こんな感じなんじゃないのかと勝手に想像してしまった。

町田はポピーが種一つでどこまでも飛んで行って、アスファルトの裂け目からでも花を咲かせるその力強いところが好きらしい。まだつぼみのハクモクレンを撮っていたのもあるけど、町田はそもそも花が好きなのだろう。母さんが言っていた言葉を思い出す。「花が好きな人に悪い人はいない」。子どもの頃の小さい記憶だけど、今でもその言葉は覚えていた。

「ここもいつまでもあるか分からないよね」

町田はそう言って、園内の隅々まで周って、花だけではなくさまざまな写真を撮っていた。きっと、目の前の光景を写真に収めているだけではなく、そこにある時間も一緒に写真の中に収めていたんだと思う。

それからまたここに来るまで南下し続けた道を、今度は逆に北上して行く。行きの下り坂が今度は上り坂になって、疲労が溜まった足には結構くるものがあった。でも町田が隣を走ってくれていたから、そんな疲れも紛れる気がした。同じ距離を走っているはずなのに帰りの道はやたら短く感じられたのだ。

夕日が沈む頃にはもう金谷に着いた。でもその頃には、とにかく腹《はら》が減《へ》っていたので町田を春風亭《はるかぜてい》に招くことにした。思えば、高校の友達が春風亭にまで来るのは初めてのことだった。

「好きなだけ食べてくれよな、俺の奢《おご》りだからよ！」

親父がアジフライにコロッケとエビフライの載った大皿を運んできて高らかに言った。

「こ、こんなにいいんですか」

若干尻込みした町田の肩をバシバシと親父が叩《たた》く。

「いいんだよ、高校生が金のことなんて気にするんじゃねえよ、その飯の分はちゃんと大輔にタダ働きさせるからよ！」

「それ俺の奢りってことじゃねえか！　勝手に決めるな！」

さっきまで自分の奢りと言っていたのにとんでもない親父だ。俺が友達を店まで連れてくるなんて初めてだから、テンションも上がっているのかもしれない。

「うわー、反抗期だわ、こわー」

「いやいや今のは反抗せざるを得ないだろ！」

反抗期なんてもうとっくに過ぎた。というかいつもの馴《な》れ合《あ》いのようなものだ。隣の町田は今のやりとりを見てどう思っているのかと気になったけど、クスクス笑っていた。

「桜木君のお父さん面白いね」

「面白いとか言うとますます調子に乗り出すからやめてくれ。もうあんまり話さなくていいから」

「おいおい大輔、そんなに父親をないがしろにするなんて……」

親父が変に間を作ってから言った。

「聞いてないよォ」

「………」

町田はさっきまで箸《はし》が転んでも笑いそうな雰囲気だったのに、ピクリとも笑わずにむしろポカンとしていた。

「あの、なんですかそれ……」

「もうそれ以上は聞かない方がいいよォ」

「えっ……？」

……俺も被《かぶ》せて言ってみたけど大惨事になって終わった。いっそこのまま俺も油でカラッと揚げてほしい気分になる。ただそこで助け舟のように話に入ってくれたのは、カウンターでご飯を食べていた椿屋《つばきや》さんだった。

「今のはダチョウ倶楽部《くらぶ》の上島竜兵《うえしまりゅうへい》さんのネタですね、十五年近く前に流行語大賞を取るくらい当時は流行ったんですよ」

「解説サンキュー！　持つべき者はやはり同世代の友だな！　わっはっは！」

親父はそう言って意気揚々と去って行く。それから椿屋さんが俺たちに向かってこっそりと言った。

「……けど、今のは、同世代でもウケてないので大丈夫ですよ」

その言葉を聞いて俺と町田も笑う。椿屋さんは親父と同い年で俺が小さい頃からずっとここにいた。最近は白髪《しらが》も少し目立つようになったけど、その分笑うことも増えた気がする。この春風亭にもほぼ毎日のように来ているし、確かに親父との関係は仕事上の付き合いというよりも、同年代の友人のようになっていた。

「うわー美味《おい》しい！　こんな外がサックサクで中はフワッフワなの初めて！」

先にアジフライを食べ始めた町田が俺の隣で声をあげた。すぐに俺も食べ始める。熱いけど、熱いうちが一番美味《うま》いのだ。

「おかわりいくらでもあるから言えよー！」

町田の声が聞こえたのか、厨房《ちゅうぼう》から親父の声が飛んでくる。

実際本当にめちゃくちゃ美味い。俺も何度も傍《そば》で見て、親父のアジフライ作りを真似ているが、いつまで経っても同じ味になることはなかった。東京の調理師学校でちゃんと勉強をして、それから修行を重ねればいつか親父の味にも近づけるだろうか。まだまだ遠い道のりな気がするけれど……。

「おかわり！」

俺と町田が同じようなタイミングでそう言うと、厨房から親父が飛んできてご飯をよそってくれた。

なんだか今日はいつもよりも飯がすすむ。きっと自転車を漕ぎ続けたからだろう。でもそれだけではないのも分かっている。

誰かと一緒に食べるご飯は特に美味いのだ。

それがここまで一緒に自転車を漕いできた友達なら尚更《なおさら》だった。

「本当にいいのかな、泊まることにまでなっちゃって……」

「いいに決まってるだろ、もう外も暗いし明日は日曜日だし泊まるにも最高のタイミングじゃん」

思いの外、春風亭の会話が盛り上がったのもある。だからそのまま店からも近いうちの家に町田が泊まることになった。

町田が写真を撮るのが趣味だということを知って、親父も椿屋さんも興味津々《きょうみしんしん》だったのだ。そしてリュックの中に収められていた町田の写真を、俺もそこで一緒に初めて見ることになった。

見た瞬間、思わず声が漏れた。まるで新聞か何かに載っている芸術作品のようで、とてもではないが同い年の高校生が撮った写真とは思えなかった。

その写真の中にはあの時の一枚もあった。江川海岸の、あの夕日が沈む時の写真だ。幻想的で美しい世界を、町田はしっかり切り取っていたのだ、数十センチの四角の中に――。

「……今日、すごい楽しかった」

町田が布団の中に入った後でそう言った。もう風呂は済ませていて、寝る準備は出来ている。

「そうかあ？　勝手に俺がついてったうえに、色々親父にまで付き合わせて、迷惑じゃなかったか？」

「そんなことないよ！　桜木君のお父さんは面白かったし、椿屋さんもいい人だったし、……あんまり僕は両親と話したことがなかったから、こういうのなんだか新鮮で嬉《うれ》しかったな」

「……そうなのか」

町田の口からそういう話を聞くのは初めてだった。思えばお互いの込み入った話なんてまだしていない。それどころか話すようになったのも、つい最近のことだったのだ。

「……僕が小さい頃に二人とも事故で亡くなっちゃったんだよね、まだ二歳だったからその時のことは全然覚えてないんだけど。それからおじいちゃんとおばあちゃんの家で暮らすようになってさ、おじいちゃんにカメラの使い方も教えてもらったりして……」

その話を聞いて、なんだか昔のことを思い出した。

町田の過去が、自分とどこか重なってしまったのだ。

「……俺も、小さい時に母さんが亡くなってるんだ、……それに、親父とも血は繋《つな》がってない」

自然と、自分のことを話し始めていた。

「……そうなの？」

驚いた口調で町田が返す。お互いに布団の中に入って、天井を見つめているから顔は見えていない。でもだからこそ、こんな話が出来るのかもしれなかった。

「……ああ、親父は亡くなった母さんの再婚相手なんだ」

「そうだったんだ、でも桜木君、お父さんとそっくりだよね」

「……それ全然褒《ほ》めてないだろ、けなしてるだろ」

「そんなことないよ、めちゃくちゃ褒めてる」

「本当かあ？」

こんな話をしたのは初めてだった。

なぜだか分からないけど、町田には話してもいいと思えたんだ。

「……僕さ、友達の家に泊まるなんて初めてだ」

また町田が新たな情報を教えてくれる。意外な発言だった。

「そうなのか、じゃあ泊まりの先輩がこういう時の楽しみ方を教えてやろう」

「なになに」

町田がワクワクしたような顔をしてこっちを向いた。

「まずはそうだな……、好きな芸能人のことは前に聞いたし……、そしたら町田はクラスで誰か好きな子とかいないのか？」

こういう時の定番の話だ。クラスの誰が可愛いとか、誰と誰が付き合ってるとか、修学旅行の夜とかも鉄板で盛り上がる話題である。

「……好きな子かあ、今のクラスではいないけど、二年の時はテニス部の藤峰《ふじみね》さんのことが好きだったよ」

……こいつ、すごいさらっと言いやがった。

「……藤峰さんか、いいところいくなあ、やっぱり町田はセンスあるよ、うん」

「センスの問題なの？」

「人のいいところを見つけるセンスみたいなもんだな」

「そしたら桜木君が好きなのは柏木《かしわぎ》さん？」

「はっ？　どうしてその名前がここで出てくる⁉」

柏木は小学校から高校まで同じ学校に通っているクラスメイトの女子だった。もはやただの腐《くさ》れ縁《えん》のような相手だ。

「だってクラスでも仲良さそうだったし、よく一緒に話してる姿を見かけていたから」

「あいつが勝手に映画の話してくるだけだから！　訳の分からない映画の話を毎回される俺の身にもなってくれよ……」

柏木は中二の夏休みが明けた頃から、なぜか急に映画にハマり出したのだ。その熱は冷めることなく今でもコンスタントに年間二百本近く映画を観続けているらしい。なぜそんなことを始めたのか俺には訳が分からなかった。

「そうかなあ、お似合いだと思うんだけどなあ」

「はぁ……、お前やっぱりセンスないよ」

というのも俺は柏木に関するあることを知っている。柏木はまだ中学の頃に転校した梅《うめ》野《の》のことが好きなのだ。最近もミクシィとかいうサイトで梅野のことを探していたし、前にも「梅野君モバゲーも何もやってないんだなあ……」と嘆いていたのを聞いていた。だからあいつと俺がお似合いなんてことはない。そもそも梅野が元からいなかったとしても断じてお似合いではない。

「楽しいね、こういう話するのって」

「ったく、勘弁《かんべん》してくれよなマチルダ。間違っても学校ではこんな話するんじゃないぞ」

「えっ、マチルダ？」

なんだか急に思い浮かんだあだ名をそのまま言っていた。しかも由来は皮肉なことに、柏木からお薦めされた映画だ。

「町田だしマチルダって呼ぶと格好よくていいだろ、柏木が絶賛してた『レオン』とかいう映画の殺し屋の名前が確かマチルダっていうんだよ。柏木も『私、マチルダみたいになりたい』とか言ってたしな」

「そうなんだ、知らなかった。でもマチルダって可愛らしい名前が、殺し屋とのギャップがあっていいね」

「だろ？　俺センスあるだろ？」

我ながら町田とマチルダを合わせるのはナイスなセンスだ。レオンって映画自体はまだ観たことがないし、レオンという言葉自体、なにを意味するかは知らないけど問題はないだろう、たぶん。

「センスあるよ、だいぽん」

「だいぽん？」

「うん、桜木君のあだ名、僕も今つけてみた。大輔のすけをぽんに変えた」

「なんだよだいぽんって、ぽんはどこからきたんだよ」

「うーん、ポン酢かな」

「だからそのポン酢がどこから来たんだよ！　そもそもポン酢大好きとかねえから」

「いいじゃんだいぽん、響きがなんとなく」

「よくねえよまったく……、本当にマチルダは写真以外センスねえなあ……」

俺がそう言ったのに、町田は嬉しそうな顔をして笑っていた。写真のセンスだけ褒められればそれでよかったのかもしれない。

ただそこで、町田がちゃんとした口調になって言った。

「……今日は本当にいい思い出になったよ、ありがとうだいぽん」

「……おう、それなら俺も良かったわ」

改まってそんなことを言われるとは思っていなかった。

それは言葉通り、ただ今日一日のことを言っているのだと思っていた。

でも、本当は違ったんだ。

その時の俺は、全然気づいていなかったけど。

町田はうちに泊まった翌日、自転車で帰っていった。かなりの距離を走ったはずなのに全然へっちゃらだったみたいだ。俺のほうはあれだけで、もうふくらはぎのあたりが少し筋肉痛になっていて、でもその痛みがいい思い出になった昨日のことを思い出させてくれる気がした。

◇

そしてその日を境に、町田と過ごすことが飛躍的に多くなった。館山ファミリーパークの後に遠出したのはマザー牧場だ。本当に撮りたかったのかは分からないが、町田が「だいぽんがバンジージャンプしてるところを撮りたい」と言いだしたので、半ば無理やりな形でバンジージャンプすることになった。どちらかと言うと空から見た町田の大爆笑してる顔を撮ったほうが面白かったと思うけど。

後は学校帰りに木更津キャッツアイの撮影地の中《なか》の島《しま》大橋に行ったりもした。ここは赤い橋の伝説として、若い男女がおんぶして渡ると恋が叶《かな》うという言い伝えがあるのだ。「おんぶして渡る時点で相当脈アリだよね」なんて町田は身もふたもないことを言っていたけど、その場所を訪れていたカップルの写真を頼まれて快く撮っていた。弘法《こうぼう》は筆《ふで》を選ばずって感じで、使い捨てのインスタントカメラでも町田は最高の写真を撮るはずだ。

その後、もう一度町田が金谷に来ることもあった。というのは前に出会うことが出来なかったサクラさんのことを探そうとしたのだ。でも二回目も運悪くサクラさんに会うことは出来なかった。その時の町田はさすがに残念そうな顔をしていたけど、それもなんだかささやかな思い出の一つになっている気がする。サクラさんに会えたにしろ会えなかったにしろ、結局そうやって二人で過ごす一日が楽しかったからだ。

とにかく時間が過ぎるのが早かった。あっという間だった。

この三年間の高校生活の中でもなんだか一番早く過ぎた気がする。もう卒業式まで一週間を切っていた。今まではただのモラトリアムの期間だったけど、何かこの時間を有効に使いたいという気持ちが強く湧いている。それに久々に自転車で遠出して、またどこかへ出かけたかった。もう一週間だけどまだ一週間ある。それまでにまだやれることはあるはずだ。

だから早速今日も休み時間になって、町田と作戦会議をしようと思った。だが、そこで邪魔が入った。いつもバカやっている男友達ではなく目の前にやって来たのは柏木だった。

「カルペディエムってどういう意味か知ってる？」

「はっ？」

いきなり何を言っているんだこいつは……。ただ急に柏木がやって来て意味不明なことを言い出す時は、大体あの話題だった。

「……また変な映画でも観たのか」

「変じゃないわよ、最高の映画よ」

やっぱりそうだった。そして柏木はさっき自分から聞いたくせにさっさと質問の答えを明かす。

「カルペディエムって、ラテン語で『いまを生きる』って意味なのよ。それがそのまま映画のタイトルになってるの。素敵でしょ、夢を追いかけたり、恋を追ったり、青春を過ごしている私たちにぴったりの映画だったわ」

「そうか、そりゃよかったな」

適当にあしらって話を終わらせようとしたが、柏木は構わず話を続ける。

「ロビン・ウィリアムズってやっぱり最高の俳優よね、もちろんコメディー作品もお手のものだし、唯一無二の役者って感じ」

「そうだな、頭に載せたりんごも弓矢で射ってくれそうだもんな」

「それはウィリアムテルよ、ちょっとあんた話ちゃんと聞いてるの？」

「聞いてないよ、今忙しいんだ」

そう言うと、柏木はムッとしたような顔になっていつもの口調で言った。

「あんたねえ、二年前にロッテが日本一になった時なんて、大輔の方が毎日のように福浦《ふくうら》がどうだの里崎《さとざき》がどうだの、薮田《やぶた》、藤田《ふじた》、小林《こばやし》のＹＦＫが最高だの、めちゃくちゃうるさかったんだからね！　今度はお返しに私の話をちゃんと聞きなさいよ！」

「うっ、それは……」

どうやらこれはこれで柏木なりの復讐が行われているらしい。でも正直言って梅野の連絡先がいまだに分からないせいで八つ当たりされているだけの気もするけど……。

それから柏木の話は、『パッチ・アダムス』が最高だとか、『レナードの朝』で涙を流さない奴は血が流れていないとか、またロバート・デ・ニーロも最高に良かったとか話を脱線させていき、ようやくひと段落着く頃には当然のように町田は教室から姿を消していた。

「マチルダ！」

ちょうど階段を降り始めていた町田を見つけて声をかける。

最近は遊ぶ時は町田の方から話しかけてくることが多くなったけど、やっぱり学校では俺から話しかけることの方が多い。俺の周りの友達に遠慮しているところもあるみたいだ。そんなの全然気にしなくてもいいのに。むしろ俺は町田という人間の面白さをみんなにお知らせしてやりたいくらいだった。でも町田はそんなことされても喜ばないことも、俺は知っていた。

「……次はいつ写真撮りに行くんだ？　卒業式前にまたどこか行くなら俺も一緒に行くぞ。それに卒業式の後も結構時間あるしな、その時なら千葉を出て遠出だって出来るし！」

俺のその言葉に町田はすぐには言葉を返してくれなかった。思えば、今日は俺を避けるように過ごしていた気もする。

もしかして、何かあったのだろうか……。

そして町田がようやく返事をしてくれた。

「……ごめん、もう今週は結構準備が忙しくて」

「準備？」

俺は最初、その言葉が何を意味しているのか分からなかった。卒業式の準備だろうか。町田は写真部だから何か行事を記録したりするのだろうかと思った。でもよく考えてみれば町田は卒業生側な訳だから、そんな活動をするはずがない。

「……一人暮らしするから、荷造りの準備しなきゃいけないんだ」

町田は何か申し訳ないことを話すかのように言葉を続けた。クラスにも一人暮らしを始める奴は何人かいるし、俺だって東京に住むことが決まっていた。だから町田もそうなのかと思ったけれど、その言い方は明らかに何かが違った。

「……どこで一人暮らしするんだ？」

俺の質問に大分間があってから、町田は言葉を零《こぼ》すように言った。

「……札幌《さっぽろ》」

「札幌……」

サッポロ、とだけ言われた時、外国の都市の名前を言われたような響きを感じてしまっに思えたのだ。高校生の俺には飛行機を使って行くようなその場所が、本当にとてつもなく遠い場所に思えたのだ。

「……大学、北大《ほくだい》に行くんだ」

「……そっか、そしたらあれだな、北海道ってことは函館《はこだて》の夜景とか有名だからきっといい写真が撮れるな」

俺が強がって……、というかショックを隠してそう言うと、町田は小さく首を横に振った。

「……札幌から函館って結構遠いみたいなんだ」

「……じゃああれだな、釧路《くしろ》湿原のタンチョウとかすごいんだろ、あれ撮ってきてくれよ。オホーツク海のカニとか送ってくれれば、最高に美味いカニクリームコロッケうちで作れるぞ」

「……釧路も、オホーツク海も、もっともっと遠いんだ。同じ北海道なのに、ここから東京よりも遠いくらい離れてるんだよ」

「……そっか、でかいどう、でかいんだな北海道って」

北海道はでっかいどう、なんてありきたりな言葉が浮かんだけど、もうそんな冗談を言える気分ではなかった。

沈黙が続いて、それから町田が心の底から申し訳なさそうに言った。

「ごめん、ずっと言えなくて……、言わなきゃって思ってたんだけど……」

「……何言ってんだよ、謝ることじゃないだろ」

——大体、ずっとっていつからだよ。

だって俺たちが仲よくなったのは、つい一ヶ月前じゃないか。

だからそんなことないんだよ。

こうやって話すようになる前から、町田が北大に行くことは決まってたんだし……。

「……そっか、北海道か」

そんなことは言えずに、もう一度、ぼやくように呟いた。

「遠いなあ……」

そんなありきたりな言葉しか、今の俺には出てこなかった。

◇

「白い光のなーかにー……」

それからあっという間に卒業式当日を迎えた。

『旅立ちの日に』は、卒業式の定番の曲だ。中学の卒業式の時も歌ったし、こうしてまた高校生最後の日も歌っている。座席は名字の五十音順で並んでいるから、町田とは離れていた。今町田がどんな顔をしているのかも分からない。

あの後、話に聞いたのは、町田は卒業式が終わってからすぐの電車に乗るらしく、式の後にゆっくり話すような時間すらもほとんど残っていないということだった。航空券は二ヶ月前に取っていたらしい、その方がだいぶ安かったんだって、町田は苦笑《にがわら》いしながら言っていた。

「今、別れの時ー……」

でも、諦《あきら》めというか何か納得もしていた。

高校生活なんて元からこんな呆気《あっけ》ないものなのかもしれない。

「この広いー……」

今ここにいて、クラスの中で馬鹿をやったような連中とも、全然会わなくなったりするのだろう。

「大空にー……」

きっと、そんなもんなんだ。

卒業式が終わって、最後のホームルームが終わると、町田は言葉通り足早に教室を出て行った。ちゃんとした別れをするのは恥ずかしいからとは言っていたけど、あまりにもあっさりとした別れだった。

きっとあいつは気を遣ったんだと思う。自分ではなく俺がいつもいる周りの友達と最後を過ごせるようにそうしたんだ。そんなの気にしなくてもいいのに。それでも、あいつは最後の最後まで気にしたのだろう。

「おい大輔、早くアルバム貸せよ、俺がありがたいメッセージ書いてやるから！」

友達の一人がそう言った。今は多くの生徒がそのまま教室に残っていて、卒業アルバムの真っ白なページにそれぞれのメッセージを書きあっていた。

「一生残るんだから下ネタはやめろよな」

「それはフリか？　フリなのか⁉」

「やめろっつの！」

そんなことを言いながら、みんなで和気あいあいと書きあっている。

そして全員分のメッセージを書き終わってからもまだみんな教室に残ったままだったので、俺は一旦廊下に出ることにした。そこには卒業生を写した今までの写真が何枚も壁に飾られている。

今日学校に来た時に並べられていて、みんなこの前で立ち止まって眺めていた。

それくらいにみんないい顔で写っている写真ばかりが並んでいたのだ。

「あっ」

そこには柏木もいた。この後クラスのみんなで打ち上げに行くから、残っていたのだろう。でもここで写真を眺めているとは思わなかった。

「……これみんな笑ってていい感じよね、一年の頃のまであってすごい懐かしく感じる」

俺と同じことを思っていた。さっきまで最初の頃から順を追って眺めていたのだ。

一年の時の遠足の写真、二年の修学旅行の写真、それから体育祭の写真に、三年の文化祭の劇やライブの写真。後は色んな日常の光景を切り取った写真が何枚も並べられていた。

「あっという間だったな……」

どれも本当にいい写真だった。時折高校生活を象徴するような青空の写真も並べられている。その中にいくつか花を写した写真もあった。

――でも俺は、ある一枚の写真の前で思わず止まってしまった。

「これ……」

ハクモクレンの木の、まだ花も咲いていない写真だった。それにその木の手前にはある男子生徒の背中が写っている。

「俺だ……」

何度見返してもそうだった。

そして、その瞬間に気づいた。

というか、気づかなければいけなかった。なんで今まで分からなかったのだろう。きっと俺は誰よりも、この校舎の中で、あいつの写真を一番見ていたはずなのに――。

「全部そうだ……」

――すべて、町田が撮った写真だったのだ。

あいつは写真部だ。俺はあの江川海岸で初めて話をするその日まで知らなかった。

でも、一年の頃からずっとこうして撮っていたんだ。

行事の度に、何かのイベントの度に、あいつはずっと撮っていたんだ。

クラスメイトの全員が足を止めて、こんなにも綺麗だっていうものを――。

「マチルダ……」

「どうしたの、大輔……？」

突然固まってしまった俺を見て不思議に思ったのか、柏木が声をあげた。

でも俺はまともに言葉を返すことが出来ない。

ただ、町田のことを考えていた。

あいつの想いがこの写真の中から溢《あふ》れてきて、その想いをまっすぐに受け止めてしまったから――。

「……お前、やっぱりカッコいいよ」

俺は町田を尊敬する。

でもそれと同時に後悔も生まれてくる。

なんでもっと早く仲良くなれなかったんだろう、なんでもっと早く相手のことを知ろうとしなかったんだろう。
この狭い校舎の中の狭い世界の中だけで生きていた。
こんなんでこれから、旅立ちの日にの歌のように大空に羽ばたける気なんてしない。
今大切な友達を、一人で遠くに行かせようとしているのに――。
「俺、行かなきゃ……」
別にこれが一生の別れになるわけじゃない。
そんなことは分かっている。
でもこのまま一人で行かせたくなかった。
それだけは本当に心の底から思っていたから。
だから、体は勝手に動き出していた。
「だ、大輔どこ行くのよ⁉」
突然走り出した俺に向かって、柏木が声をかける。
でも俺はその声にも振り返らない。
もう止まる気なんてなかった。
あいつが旅立つ木更津駅まで――。
「くそっ、間に合うか……」
慣れないローファーでの走り。これからどれだけ急いでもある程度の時間はかかってしまう。でも町田も今日はまだ自転車で来ていたし、その自転車を置きに一旦家に戻るはずだ。それからまた木更津駅に向かうのだとしたら、時間はきっとまだ残っている。それでも多分かなりギリギリのはずだ。果たして本当に町田が乗るはずの電車に間に合うだろうか……。

「はぁ、はぁ……」

すぐに息が切れる。でもあの自転車に乗って館山まで行った時のように、足を止めるわけにはいかない。

早くしないと、町田がこの町からいなくなってしまうから。

「大輔ー！」

——その時、声が聞こえた。学校から追ってきた柏木ではない。

そこにいたのは、なんと車に乗った親父だった。

「大輔くん早くこっちに！」

それに椿屋さんもいる。車に二人して乗っていて窓から手を振って俺を呼んでいるのだ。

「な、なんでここに……」

呼ばれるままに俺が車に乗り込むと、助手席に乗っていた椿屋さんが答えてくれた。

「桜木さんと一緒に大輔君の晴れ姿を見に来ていたんですよ、内緒でね」

「えっ……」

そんなの聞いていない。親父は店が忙しいから卒業式なんて行けるわけないって言ってたのに。

でもそこで親父が、ハンドルを握ったままその発言をかき消すように早口で言った。

「余計なこと言わなくていいんだよ椿屋！　それよりも大輔、お前何か大事な用があるんだろ？　血相変えて校舎から飛び出してきて、びっくりしたぞ！」

その言葉を聞いて俺もすぐに目的を思い出す。

「そうだった！　木更津駅まで行ってくれ親父！　町田の見送りに行かなきゃいけないんだ！」

「マッチの見送りだと！　それを早く言えよ！」

親父は親父で勝手にあだ名をつけていた。こんなところが町田も言っていた、俺と親父のそっくりなところだろうか。

ただそこで親父がアクセルを踏み込みながら言った。

「おい大輔！　今からありがたい話をしてやるから、耳かっぽじってよく聞けよ！」

「な、なんだよそれ！　今聞かなきゃいけないことかよ！」

なぜこのタイミングなのかが分からない。

でも親父自身のアクセルももう止まらないようだった。

「当たり前だ！　卒業のはなむけがわりだからよ！　でも椿屋は耳塞《ふさ》いどけよ！」

「分かりました」

親父の言葉に椿屋さんはあっさりと従って、耳を手で覆い、それから親父が話し始めた。

一体なんの話が始まるのか、訳が分からなかった。

「いいか大輔！　とにかく絶対に間に合わせるから、マッチのことちゃんと見送ってやれよ！　出会った友達は本当に大切にしなきゃいけないんだからな！」

親父がハンドルを切りながらそう言った。

「分かってるよ、だから会いに行こうとしているんだ！」

今更そんなこと言われなくても分かっている。

でも親父は親父なりにまだ伝えたいことがあってそう言ったようだった。

「これでお前も今日、高校卒業した訳だからな、それに春からは東京で新しい生活が始まる。そこでお前はまた色んな人と出会うんだろうな、というかこれから広い世界で色んな人と出会うべきなんだ！　だって人との出会いがお前を成長させてくれるんだからな！」

親父は、まっすぐ前を見据えながら言葉を続ける。

「人との出会いはいいもんだよ、最高にいいもんだ。でもな、そんでもって色んな人と出会った最後に出会うのはな、自分自身なんだ！」

「自分自身……」

なんだか親父の言葉が今はやけに響く気がした。

「ああ、だから成長した新しい自分に出会って、それからまた大きくなってこの町に帰ってこい！　それまで春風亭も絶対に繁盛したまま残し続けるからよ！　分かったな！」

親父は最後に高らかにそう言って、また運転に集中し始めた。

「……分かった、ありがとう」

そう答えるのが精一杯だった。

金谷を出て東京で一人暮らしすると言った時、親父は何か寂しそうな素振《そぶ》りとかそういうものも一切見せなかった。だから俺も東京と千葉なんていつでも帰ってこられる距離だしあんまり気にしていなかった。でも違ったんだ。親父は俺のことを考えてくれていてそれで今日の卒業式も来てくれて、今も俺のことを助けてくれたんだ……。

俺は小さな頃からずっと、親父に守られていたんだ。

そしてあっという間に車は木更津駅の近くにまで来ていた。

本当にこんな時も最後の最後まで親父に頼りっぱなしだった。親父への尊敬の気持ちばかりが湧いていた――。

「いいお話でしたね」

「おい椿屋！　お前普通に聞いてたんじゃねえか！」

「耳はちゃんと塞いでましたよ。それでも聞こえてきてしまっただけなので」

二人のいつものやりとりを聞いてるだけなのに、思わず泣きそうになってしまう。

後部座席にいて良かった。これなら涙がバレそうにはないから……。

「……なんか、混んでますね」

ただそこで助手席の椿屋さんが、不穏な口調で言った。確かにさっきまではすいすいとここまで来られたのに、急に車の数が増え始めている。駅の近くまで来たとは言え、この辺はいつももっと空いているはずなのに。それにパトカーまで数台止まっているようだった。一体何が起きているのだろうか……。

「……あっ、やべ」

親父がさっきまでの勇ましい姿とは似ても似つかない間の抜けた声を出して言った。

「……約束、今日だったの忘れてた」

「約束？」

俺と椿屋さんが同じタイミングで声をあげた。

そして親父の口から、想像もしていなかった言葉が飛び出してきた。

「……今日、駅前で裸ソーラン節《ぶし》の日だった」

「……そんな日この世にねえよ！」

……この親父は一体何を言っているのだろうか。

「ロッテが日本一になったらって約束だったんだけど、あいつらずっと逃げ回ってて、それで二年越しにようやく木更津駅前で約束の罰を受けることになったんだけど、それが今日だったんだよ。忘れないように大輔の卒業式にしたんだったわ……」

「あほか！　もういいよ！　ここから走って行くから！」

大人は馬鹿だ。というか親父が馬鹿だ。尊敬の気持ちばかり湧いたと言ったがもうすでに後悔していた。全力で涙を返してほしい。あんな大人になってはいけない。裸でソーラン節踊る約束って一体何なんだよ……。

「大輔君！」

最後に俺の背中に向かって声をかけたのは椿屋さんだった。

「卒業おめでとう！　しっかりと町田くんのことを見送ってあげてください、いい旅立ちの日になりますように！」

「ありがとう椿屋さん！」

手を振ってから駅に向かって走り出す。

椿屋さんみたいな大人になりたい。

横断歩道を渡りながらそう思った。

でもそうはならないんだろうな。

俺は親父似のバカ息子だから。

——走った。走って走って走った。

改札を抜けて階段を駆け上って行く。今は疲れなんて感じない。へっちゃらだ。頭の中には初めて町田とちゃんと話をした時のことが、動画をもう一度再生するみたいに流れていた。

あの江川海岸での時のことだ。海の中に立ち並ぶ電柱。水平線に沈みかかった夕日。茜《あかね》色と青みがかった空。

その中心に町田がいた。

一眼レフのカメラを構えていて、夢中になってファインダーをのぞいていた。

あの景色はきっと町田がそこに入ることで完成していた。

俺もカメラを持っていればあの瞬間を切り取れたのに。

それであの時間も永遠になったはずなのに。

「はぁ、はぁ……」

やっぱり今でも後悔ばかりだ。

もっと町田と話したいことがあった。

もっと町田から教えてもらいたいことがあった。

それなのに時間があまりにも足りなかった。

いや時間はあった、三年間あった。

でも気づかなかった、気づけなかったんだ。

気づいた時にはちょっとだけ遅すぎたんだ。

けどもうこれ以上は後悔したくない。

ここからちゃんと町田のことを見送ってやりたい。

それが今の俺に出来る最大限のことだと思った。

大切な友達のためにしてやれる、一番大事なことだと思ったから——。

「……マチルダー！」

ただやけくそになって叫んだわけではない。

見つけたのだ。

ホームに立つ町田の姿を——。

「だいぽん……」

町田は本当に驚いた顔をしていた。俺がここにいることが信じられないようだった。でもそれから親父が作ったアジフライを食べた時のような嬉しそうな顔をして笑った。

「……来てくれたんだ」

「おお、当たり前だろ。間に合って良かった……」

電車が少しだけ遅れていたのも幸いしたみたいだ。色んなことが重なってこうやってもう一度、町田と会えたのだ。

「ってかお前、安いからってこんな卒業式当日の飛行機のチケットなんて買うなよ……」

「ごめん、だって二ヶ月前は卒業式の後にここを離れるのがこんなに寂しくなるなんて思わなかったから……」

俺と町田が話すようになったのはつい一ヶ月前のことだった。だから仕方ないのかもしれない。でも町田がそう言ってくれたのが嬉しくて、それでいて胸の中がむず痒《がゆ》くなる気がした。

「……廊下の写真、分かったよ。あれ、一年の頃からマチルダがみんなのことを撮ってくれてたんだな」

「それはもちろん写真部だからね、綺麗に撮れてたでしょ。……だから僕は一年の頃からだいぽんのことは知ってたんだ。サッカー部の写真も撮りに行ってたから」

「そうだったんだな……」

やっぱり何も知らないのは俺ばかりだった。もっと早く気づけていたらよかったのに。それなりに楽しい高校生活だったけど、もっと早く町田と出会っていたらどうなっていただろうか。

でも今更時間を戻せる訳でもない。

そして、町田が乗るはずの電車もとうとうホームにやって来てしまった。

「……だいぽん、ありがとう。ここまで見送りに来てくれて」

町田が本当に最後のような言葉を言って、ホームに止まった電車の中に乗り込む。

まだ開いたままのドアの前に立って、俺も言った。

「……おう、元気でやれよ」

発車のベルが鳴る。

「……お前さ、電車出た後に、窓開けて手を振るとか、ドラマのお約束みたいなことするなよ」

最後は笑って見送りたいと思ってそう冗談を言うと、町田も笑って言った。

「だいぽんも走る電車を追いかけるとか、ドラマのお約束みたいなことしないでよ」

「……する訳ねえだろ、あほ」

そんな言葉が最後になってドアが閉まる。

「マチルダ……」

電車がゆっくりと走り出す。

そしてそのまま電車が小さくなって行って、これで町田と別れを迎えるんだと思った。

でも違った。

次の瞬間、町田の乗っていた車両の窓が開いた――。

「ありがとうだいぽん！　館山で一緒に撮った写真とか、マザー牧場で撮った写真とかも後で手紙で送るから！　それに、本当に今日ここまで来てくれて嬉しかった！」

なんだよ、ずるいじゃないか。すぐに約束を破るなんて……。

でも、だったら俺も――。

「俺だって楽しかったぞ！　ってか早くマチルダは携帯買えよ！　連絡取りづらいんだよ！」

電車を追いかけて、走りながら声をあげる。

もう、周りの人の目なんて気にしていられない。

「北海道に行ったらすぐに買うつもり！　そしたらすぐにだいぽんにワン切りするから！」

「なんでワン切りなんだよ！　通話料こっちに持たせようとすんな！」

俺のツッコミに町田が笑う。

でもそれからまっすぐに俺のことを見つめて町田が言った。

「僕さ、本当にこの一ヶ月が楽しかった！」

今までに聞いたことがないような町田の高らかな声だった。

そんな声、あの坂道を下っている時だって聞いたことなかったのに。

「だいぽんと過ごした一ヶ月が、この三年間より楽しかったよ！」

走り出した電車の音にも負けやしないはっきりとした声で、町田がそう言った。

そう言ってくれたのだ――。

「……お前、そんな恥ずかしいこと真顔で言うなよ、バカ野郎……！」

俺たち男子高校生って奴は人前ではカッコつけて、そんな恥ずかしいことは言ったりしないんだ。

でも町田は違う。

町田はそういう方が似合う気がした。

町田は凄い男だから。

俺は町田のそんなところを心の底からカッコいいと思っていたから——。

「……俺も、マチルダと一緒にいる時がクソ楽しかったぞ！　それにお前がいなくなって今めちゃくちゃ寂しい！　俺もすぐそっちに遊びに行くからな！　待ってろよ！　北海道なんて、すぐ傍なんだからな！」

「ありがとう、だいぽん、また会おう！　必ず！」

「ああ、絶対だ！　……また会おう！」

もうそれから先は電車のホームがなくなって、町田の顔も見えなくなった。

でも俺の瞼《まぶた》の裏には、一眼レフのカメラで撮ったように、町田が最後に笑った顔が焼き付いている。

俺は今日のことを忘れないだろう。

この高校生活最後の一日を——。

——それから学校に戻って、トイレに行っていたと嘘《うそ》をつくとみんなから「どんだけ長いクソだよ」とバカにされた。

学校を出た後はみんなでサイゼリヤでミラノ風ドリアを食べた後に、カラオケで修二と彰の『青春アミーゴ』を歌って打ち上げをして、解散となった。

家の最寄りの浜金谷駅に着いた頃にはすっかり夜になっていた。

空には星が瞬いていて、幻想的で真っ白な輝きを放つ月も浮かんでいる。

俺はそんな綺麗な景色をこれからも見つける度に、町田のことをふと思い出したりするのだろう。

今もどこからか、あいつのカメラのシャッターを切る音が聞こえる気がした。

カシャッ、という美しい音が——。

第五話　だいせんじがけだらなよさ

「こんにちは、金谷港《かなや》へようこそ」

——総合案内係を務め始めてから、もう二十数年が経《た》っていた。

いくつもの出会いと別れをこの港から見届けてきた。また日本でオリンピックが開かれることも決まり、不景気の中でのいいニュースもわずかにあった。町の中には、見慣れない新しいゲーム機を使って遊ぶ子どもの姿も見かける。港のカモメの鳴き声にその嬌声《きょうせい》が重なって、今日はやけに賑《にぎ》やかさを感じた。

五月の空は青く澄《す》み渡《わた》っていて、まだ梅雨《つゆ》の到来の気配などおくびにも感じさせない。

今日もまたここでの一日が始まったのだ。

何気ない、いつもと同じ一日だと思っていた。

ただ、そこで想像もしていなかったことが起きた。

乗船客の中に、思いがけない人を見つけたのだ。

「君は……」

私が声をあげると、すぐに相手も気づいた。

「あなたは……」

そこにいたのは、元妻の貴子《たかこ》だった。

「なんで君がここに……」

「……それはこっちの台詞《せりふ》よ」

昔と変わらぬ口調だった。

それだけで一緒に住んでいた頃の記憶がプレイバックされる気がする。

ここで勤め上げた年数とほぼ同じ、二十数年ぶりの再会だった。

◇

「あらやだ、こんなに美味《おい》しいなんてびっくり」

港から離れた定食屋で、貴子が運ばれてきた海鮮丼のイカを最初に口に運ぶなりそう言った。

「……一応、私の一推しのところだからね」

「曲がりなりにも案内係を務めていない訳じゃないのね」

「……ただの案内係じゃない、総合案内係だから」

「それってどう違いがあるの？」

「……一応、総合的に色々案内しているんだよ」

「そうなのね、凄《すご》いのね」

全然凄そうとは思っていない口調で貴子が言った。それから数分の間は海鮮丼に集中し始めたようで黙って食べ進める。

相変わらずマイペースだ。いやマイルールと言ったほうが適切かもしれない。芯の強さがあるのだ。そんな調子だったから若い頃、私と貴子は度々衝突することになった。もちろん原因は貴子だけにある訳ではない。精神的に未熟で、強情なまでに譲らない強さが私にもあった。つまりお互いに似た者夫婦だったのだ。

だからこそ数年が経つうちに、離婚へと踏み切ることになったのはある意味自然なことだったのだと思う。お互いに話し合った上での離婚。ただ一つ懸念があるとすれば、娘の久美子《くみこ》がまだその時は五歳と幼かったことだ。

「……久美子は元気か？」

「ちゃんと名前覚えていたのね」

「……当たり前だろう」

「じゃあ久美子の血液型は？」

「……」

「O型よ、四択なんだから何か好きに言えばいいのに」

「……すまない」

「別に謝るようなことじゃないから。あの子は元気よ、三年前に結婚もしたし、今はもう子どももいるわ、女の子よ」

「久美子が結婚……、それに子どもも……」

　離婚して以来、久美子には一度も会っていなかった。というのも私は離婚した後に仕事も辞めて、今までに繋《つな》がっていたすべての関係を断ち切ろうとして、この金谷の地に来たのだ。この町に来てからは、昔の知り合いと再会することなんてなかった。だから久美子が結婚したことを知る由もなかった。離婚してからは、父親を名乗るのもおこがましいくらいの距離の取り方をしていたのだ。

「ごちそうさま、とっても美味しかった。これだけでここに来てよかったと思えるわ」

　海鮮丼をきれいに平らげて、貴子は手を合わせてそう言った。

「……ここには、なんで来たんだ？」

　まさか海鮮丼を食べるのが一番の理由ではないだろう。最初から気になっていた。こんなところで顔を合わせることになるなんて、思ってもいなかったから。

「そうね……、まあ、観光みたいな」

「みたいな?」

貴子にしては珍しく曖昧《あいまい》な言い方だ。

「……まあなんだっていいじゃない、それよりもこれから巡った方がいいところとかあるかしら、総合案内係なら色々知っているでしょう」

あくまで私はフェリーサービスセンターの総合案内係だ。この金谷の町のことを知り尽くしているわけではない。ただ先程声高に言った手前、ここで引き下がるわけにもいかなかった。

「……ああ、何でも知っているよ、任せてくれ。よかったら私があちこち案内しようか」

「そうね、そしたらお願いしようかしら」

「えっ?」

想像と違った答えが返ってきた。あくまでリップサービスだった。というのもまさか貴子がただの観光とはいえ、今更私と一緒に行動することをこんな簡単に受け入れるなんて思わなかったのだ。

「なによ、あなたが言い出したんでしょう、ガイド料金とか必要なの?」

「い、いやそんなことはない、お金なんて取るわけがないよ。私が案内させてもらおう」

長い年月を経て、何か貴子の心に変化があったのだろうか。

それとももう夫婦という関係ではないからこそ、ここでは気兼ねなく接することが出来るのかもしれない。

それは私も一緒だった。心に変化を感じている。今のままならまた昔のように口論に発展することなんてないだろう。さまざまな感情が前よりも薄れてしまっただけなのかもしれないが、歳《とし》を重ねて感情をコントロールする術《すべ》を学んでいた。

今はこの町をちゃんと観光案内することに務めよう。

私は総合案内係なのだから。

◇

「確かにこれは地獄《じごく》のぞきね……」

貴子を最初に案内したのは鋸山《のこぎりやま》だった。ロープウェーを使うと麓《ふもと》の鋸山山麓《さんろく》駅からわずか数分で頂上に近いロープウェー山頂駅に到着する。そしてここの名物といえば地獄のぞきだ。山頂にある岩肌の切り立った場所から真下をのぞき込むことが出来るのだ。それがさながら地獄をのぞいているようで、人気のスポットとなっていた。

「それにしてはまだ余裕があるようにも見えるけれどね」

貴子は悲鳴をあげるようなことはなかったし、随分と落ち着いた様子だった。

「だって景色が綺麗《きれい》だったから、そっちのほうに気を取られちゃった」

確かにここからの景色は抜群だ。標高は東京タワーにも満たない三二九・五メートルの小さな山だけれど、目の前に海が広がっているのは、他では望めない光景だろう。山から見る海はどこか特別な気がする。金谷港がとても小さい。船も停泊していた。きっとこれから久里浜《くりはま》へと発《た》つのだろう。その行き先の三浦《みうら》半島も視界に捉えることが出来た。なんだかいつも過ごしている場所のはずなのに、違う国の町の光景に見える。作り物のジオラマのような、まるで自分が神様になって見下ろしているかのような……。

「地獄っていうよりも天国に似てたかもしれないわね」

貴子が、地獄のぞきのスポットから離れた場所でそう言った。

「天国？」

「そう、天国のぞき。あれだけ高い場所にいると、きっと天国も近いでしょう。港にいる人たちがとっても小さく見えたし、神様ってあんな風に、私たちが小さく見えていると思うの」

「……確かにそうかもしれないね」

こういうところが元夫婦なのだろうか。二人して似たようなことを考えていたみたいだ。ただ私は天国なんて言葉までは出てこなかった。突然出て来たそのワードに少々驚きもしたが、たまたま地獄のぞきをしたからだろう。取り立てて気に留めることもなかった。

そして貴子がまたそこで違う話を始める。

「この富津《ふっつ》にも、まだ久美子が小さい時に来たことがあったわよね」

「……そうだね」

「本当に覚えてる？」

「ああ、嘘《うそ》じゃないよ。その時に行ったのはここよりももう少し離れた富津海岸のところだろう。そこで潮干狩りをしたじゃないか」

「今度はちゃんと覚えていたみたいね」

貴子は満足そうな顔をして笑って言葉を続ける。

「あの時のことをよく覚えていて、だから私もこうやってこっちの方に来てしまったのかもしれないわ。いいものね、海って……」

もしかしたら、私もそうだったのだろうか。

その時のことは強く記憶に残っている。

潮干狩りをして泥だらけになった手足。髪についた潮の匂い、海に沈んで行く夕日……。

その光景がずっと頭の中に原風景のように焼き付いていた。

ここに来たのは、昔の楽しかった頃の記憶をほんの少しでも思い出したかったからなのかもしれない。もう戻れないなんてことは分かっている。それでも、招かれるようにここへ来てしまったのだ。

「……もう、あなたは絵は描いてないの？」

海を見つめていた貴子が私に問いかけた。

それもまた思ってもみなかった言葉だった。

「……絵なんてもう全然描いてないよ」

「あらそうなの。私にとって数少ないあなたの好きなところの一つだったのに」

「……それは残念だ、とても残念だよ」

「全然残念そうじゃないけどね」

そこでまた貴子が笑った。残念だというのは冗談として言ったけど、絵をもう描いていないのは紛れもない事実だった。昔は家族旅行で訪れた場所を水彩画で描いたり、時には貴子と久美子の絵を描いたこともある。私にとっての数少ない趣味の一つだったのだ。ただ今は、目の前にこんな綺麗な景色があっても、また絵を描こうとは一度も思わなかった。

「また描けばいいじゃない、筆と紙さえあれば描けるんだから」

「簡単に言うね、それに絵の具と水入れも必要なんだよ」

「ついでにおにぎりと水筒を持たせるから、どこか遠出して、綺麗な絵を描いてくるといいわ」

こういう言い合いになったら、やっぱりかなう気がしない。ただこれは言い合いというよりも昔のような掛け合いだ。悪い気はしない。むしろ懐かしさを感じた。

そして貴子は会話を締めくくるように最後に言った。

「あなたにはまだ時間がたっぷりあるんだから、何か後世に残るような大きな絵でも描けばいいのよ」

「……時間があっても気力がないよ。それにそんな後世に残るようなものなんて、作れる柄じゃないから」

その言葉は、端《はた》からだと暇《ひま》そうに過ごしているように見える私への当てつけで言っているんだと思った。

だから私は取り立てて気に留めることもなく、その場を一緒に後にした。

◇

それから二日、日が空いて今度は富津岬を訪れることにした。この場所をリクエストしたのは貴子の方だった。鋸山に行った時に富津海岸の話をしたから何か興味をそそられたのかもしれない。富津海岸を海岸線に沿ってまっすぐ進むと簡単に富津岬にたどり着くことが出来る。ここまで来たのは今日のお目当ては潮干狩りではなく、展望台の方だったたからだ。

「こんなところがあったなんて知らなかった……」

展望台の頂上に着くと、貴子が感嘆にも似た声を上げてそう言った。あたりには真っ暗な海が広がっている。夜にこの場所へ来たいと言い出したのも貴子の方だった。

「昔、私たちがこの傍《そば》に来た頃は、まだこの展望台はなかったからね」

「とっても素敵ね。この階段みたいな段差のモニュメントとか、なんだか未来の建物みたい」

貴子が上がってきた階段を見下ろして言った。

「これは五葉松をかたどったものらしいよ。自然をイメージしたものなのに、未来の建物みたいになるのはどこか不思議な気もするけどね」

「さすが総合案内係さん、よく知っているわね」

貴子が機嫌よさそうに言った。どうやらこの場所がすっかりお気に入りみたいだ。

「やっぱり夜の海って怖いよね、なんでだろう」

今度はまた目の前に広がる海を見つめて貴子は言った。

「……真っ暗な海の中に何かがいる気がするからかな」

私がそう言うと、貴子は意外そうな顔をした。

「……意外と想像力豊かなのね、海の中に何かがいるだなんて」

「そうかな？」

「うん、だって私は何もないようにも見えるから怖いんだもの。底のない真っ暗な中に今にも飲み込まれてしまいそうで……」

飲み込まれると言うのは確かに適切な表現だと思った。夜の海にはそういう底知れない恐ろしさがある気がする。でもそれはそれで発想が豊かだと思った。

ただ、いつの間にか貴子の機嫌のよさはどこかへと消えてしまっていた。

そこで私はあえて、この夜の海に似合わない明るい声を出して話題を変える。

「……ここはね、とても綺麗な夕日が見られるんだよ。太陽が水平線の近くまで沈むと富士の裾《すそ》野《の》がくっきりと浮かび上がるんだ。今度はまたそういう時間に来るのもいいかもしれない」

ここには富士山目当てで訪れる人も多かった。というのもここからだと富士山の手前に海の広がる特別な光景が見られるのだ。そんな姿は、この東京湾を挟んだ千葉県側からでないとなかなか拝むことの出来ないもので、ちょっとした名所になっていたのだ。

「今度、ね……」

だが、貴子の言葉の歯切れは悪かった。

私はその言葉にどうしても引っかかってしまう。

「……今度は、だめなのか？」

「……難しいかもしれないわね。私にはあまり時間がないから」

「時間がない……？」

前にも貴子はそう言っていた。ここで悠々自適に過ごしている私へのただの皮肉だと思っていた。でもそうではないようだ。

私はすぐに言葉を続けることが出来なかった。

貴子の口から次に出てくる言葉を聞くのが怖かったからだ。

時間がない、というのは何を示しているのだろうか——。

「安心して、別にあなたが悲しむような話じゃないわ」

その言葉を聞いて、ほっとした。

さっきまで緊張していた肩や背中のこわばりがなくなった気がする。

そして貴子は、この町に来た本当の理由を明かしてくれた。

「私、もうすぐ死ぬの」

切るような風の音が、強く聞こえた。

貴子は、淡々と言葉を続ける。

「余命を宣告されたのよ。最初はお医者さんも教えてくれなかったんだけど、すべてを受け入れる準備は出来ているって言ったら、ちゃんと病名も教えてくれた。もう何も手立てはないみたい。だから誰も知らないところでひっそり死にたいと思って、この金谷にある病院に転院の手続きをしたの。海の見える場所がいいと思ったから。それでもう明日から本格的な入院が始まるから、ほとんど外には出られそうにないの」

「そんな……」

　体が、海の中に落ちた気がした。

「何が、悲しむ話じゃないなんて……」

　真っ暗な海の中に飲み込まれて、浮上のきっかけが見つからずに、どんどん底に落ちていく。

　貴子の言葉を理解するのに必死だった。肩が震えている。背中は痛いくらいにこわばっている。

　貴子は言った。

　確かに言った。

　私、もうすぐ死ぬの——と。

「……本当に私も余命を聞かされた時、そんなに悲しくはなかったのよ。久美子も結婚して心残りもないし、最近は一人で家にいて気が滅入るようなこともあった。だからもうすぐ死ぬと聞かされて、逆に未来の漠然とした不安が気にならなくなったわ。今まで終わりのないマラソンを走っていた気分だったんだけど、ようやくゴールが見えて少し気が楽になったみたいなの」

　貴子ははっきりとした口調で述べた。何か言葉に詰まることもなかった。もう全てを受け入れているかのようだった。それはとても気丈で、貴子らしい姿だと思った。でもその発言が本当に心の底から言っているのか私には分からない。

「信じられないよ……」

全部嘘であって欲しい。私は今耳にした言葉を信じられない、というか信じたくなかったのだ。

「信じられなくても本当なの」

貴子は念押しするように言った。

私も、その言葉を信じるしかなかった。

というか、それだけが事実だったのだ——。

「……久美子は、このことを知っているのか？」

「お医者さんも先に久美子に話したからもちろん知ってるわ。でもここへ転院したことは久美子は知らない、私が内緒で勝手にやったことなの」

「なんで、そんな勝手に……」

「久美子も子どもが生まれたばかりで迷惑をかけたくなかったから、その方がいいと思ったの」

「……迷惑なんて、そんなことはないだろう」

「久美子もきっとそう言ってくれるでしょうね、でも私が嫌なの。きっと久美子よりも私の方が気を遣っちゃうだろうし」

「君は本当にそれでいいのかい……？　そんな、最後にわざわざ一人でいることを選ぶなんて……」

思わず口にしてしまった。精いっぱいの強がりを言っているんだと思った。ここに至るまでの過程も、今までの言葉も、もしも私が同じ立場ならそんな風には決して思えなかったからだ。

「いいのよ、だってこういう言葉、聞いたことない？」

「……言葉？」

貴子は歌でも歌うかのようにその言葉を口にした。

「『さよならだけが人生だ』」

「それは……」

私も、その言葉は知っていた。

井伏鱒二《いぶせますじ》の言葉だ。確か元は、于武陵《うぶりょう》という唐代の詩人の『勧酒』という漢詩で、その詩の最後の「人生別離足る」という言葉を「さよならだけが人生だ」と井伏鱒二が訳したのだ。

だけど、まさかここでその言葉が出てくるとは思っていなかった。

「『花に嵐のたとえもあるぞ、さよならだけが人生だ』ってね。私はその言葉が本当に人の人生というものを表していると思うの」

貴子は曲がったことなどなにもないように言葉を続ける。

私が口を挟む隙すらも見当たらなかった。

確かにその言葉は美しい。

そして今にも万人の心の臓をたちどころに貫くかのような強さをもっている。

その言葉を初めて聞いた時、私も思わず畏怖にも似た念を抱いてしまった。

それほどの言葉だった。

そしてそれを、貴子は胸に抱いていたのだ――。

「……だからそういうものなのよ、さよならだけが人生なんだから、今私の身に起きていることも当たり前なのよ。死は誰にも最後に訪れる平等な別れでしょう」

貴子は高らかに言いきった。

やっぱり私は何も言えなかった。

今はまだ、こんなにも急なさよならを受け入れられる訳がなかったから……。

◇

仕事に身が入らなかった。常に頭の中で貴子のことがちらついている。こんな話をされるなんて思ってもみなかった。

一晩ずっと考えていた。でもどこにも答えのようなものは見つからなかった。貴子自身はもう受け入れているからこそ、私に出来るのも受け入れることなのかもしれない。思い出したのは昔読んだ、キューブラー・ロスという医師の書いた本に書かれていた『死の受容のプロセス』のことだった。

余命を告知された人は五段階のプロセスを通して受け入れることになるというものだ。第一段階は否認。まず自分が死ぬという事実を否定することから始まり、それから自分がなぜこんな目に遭うのかという第二段階の怒りに移行する。そして第三段階は取引。お金や他の大切なものを何か差し出してもいいから、死なずに済むようにして欲しいと、叶《かな》わない取引を考える。第四段階は抑うつ。何も出来ない現実に絶望し、酷い抑うつに襲われる。そして最終の第五段階の受容へと移行する。この頃にはすべての希望を断ち、自らのすべてを受け入れることになるのだ。

そのプロセスでいうと、貴子はすでに第五段階にいるということになるのだろうか。ただこのプロセスを辿《たど》るのは、傍にいる人間も同じなのだろう。私はまだ受け入れの境地に達することは出来ない。まだ第一段階にいた。

否定したい思いでいっぱいだ。こんな思いがけないことが待っているなんて思わなかった。ただそれを言うなら、こんなところでもう一度、貴子と再会するとも思わなかったけれど……。

自分の気持ちに整理をつけられないまま、仕事終わりに貴子の入院する金谷崎《かなやざき》病院へ向かうことにした。貴子は病院の名前もすぐには教えてくれなかったが、何とか聞き出したのだ。

「んっ……？」

ただ、フェリーサービスセンターを出てすぐのところで明らかに迷った様子の女性を見つけた。既に業務の時間を過ぎているが、あたりに他の職員もいないので声をかけてみる。

フェリーの最終便も終わっているし、このまま放っておくわけにもいかないと思ったのだ。

「……大丈夫ですか？　私はここで総合案内係をしているものですけれど、何かお困りでしょうか？」

「……あの、金谷崎病院へ行くにはどうすればいいですか？」

女性はそう言った。偶然にも私の行き先と同じだった。

「それならちょうど私もこれから向かうところです、よかったらこのまま案内しましょうか？」

「本当ですか、助かります。初めて来たところだったので……」

女性はそう言ってペコリと頭を下げてから、私についてきた。

そしてすぐにやってきたバスに乗って、二人で金谷崎病院へ向かうことにする。

バスに乗ってからも、会話がはずむというわけではなかった。お互いに病院という行き先もあって、詮索することを控えたのかもしれない。ただ正直気になる部分はあった。時刻は午後六時、診察の時間はとうに過ぎているから、きっと私と同じように見舞い客に違いなかった。

「……」

——ただ、私は初めて会った時から、彼女に何か感じるものがあった。それが何かをきちんと具現化して言葉にすることは出来ない。

そしてその答えが見つからないまま、あっという間に金谷崎病院に着いていた。

「本当にありがとうございました、助かりました」

「いえ、そんなに大したことではありませんから」

道中、会話はほとんどなかったが、このままの別れは何か気まずいと思ったのか、病院の玄関口に入るまでの間、彼女の方から話しかけてきた。

「……きっと、ここに母が入院しているはずなんです」

今日ここへ来た理由のようだ。ただその言葉にはいくつか違和感がある。

「……いるはず、ですか？」

不確かな言い方だった。そんなことがあるのだろうか。いるのがちゃんと分からないまま見舞いに来るなんて……。

でも次の瞬間、彼女の話を聞いて、私は思わず言葉を失ってしまった。

「ええ、勝手にこっちに転院したというのを、人から聞いただけなので……」

「そんな……」

――すぐに気づいた。

というかすぐに気づかなければいけなかった。

目の前にいる相手は、娘の久美子だったのだ――。

二十数年ぶりの再会で分からなかった。私の頭の中の久美子は五歳のままで止まっている。それは久美子も同じだったのかもしれない。私が父親だと今も気づいていない。私は久美子が転院のことを話したから気づいただけだ。そのことを言われなければ私もいまだに他人のまま接していただろう。……大きくなった。二十八歳になるだろうか。もう立派な大人だ。気づいた途端にどんどん過去の記憶の面影《おもかげ》とその顔が重なっていく。

久美子だ。初めて会ったときに何か感じたのはこれだったのだ。思えばその顔は貴子の若い頃によく似ていた。本当に大人になった久美子が今、目の前にいる――。

「あの、何か……」

「いや、あの……」

すぐに言葉が出てこない。私は今ここでどんな言葉をかけるべきなのだろうか。

そしてこの差し迫った事態を把握《はあく》する。今久美子は母に会おうとしている。ただ貴子は一人になろうとしてここへ来たのだ。だとしたらここでこのまま貴子と会ってもいいのだろうか……。

いや、というかそもそも私が口を挟む筋合いがあるのだろうか。貴子と久美子の気持ちを重ねて考えると、何が正解なのかが分からなくなってしまう。

今すべきことは、それよりも先にここで私が父親と正体を明かすことではないのだろうか。だがそれすらも久美子にまた余計な考え事を増やしてしまうことになりはしないだろうか……。

ただ、その迷いも無意味なものになった。

私が迷っている間に、二人は先に出会ってしまったのだ。

「お母さん……」

「久美子……」

ちょうど貴子も売店を訪れようとして病室を出てきたみたいだ。鉢合わせしてしまった。こうなってはもうどうすることも出来ない。ただこれでよかったのかもしれない。久美子は母親に会いたかったに違いないのだから。

「お母さん、本当に勝手よ！」

「……ごめんね久美子、一人で全部決めちゃって」

「本当よ、相談もせずに一人で転院しちゃうなんて……」

「でもね、久美子だって勝手よ、こんなところにまで追いかけて来るなんて……」

貴子がそう言って小さく笑って久美子の頭を撫《な》でた。それは紛れもない母親と娘の姿だった。きっとこんなやりとりは今までにも何度もあったのだろう。そう思わせる姿だった。貴子も娘の久美子には素直に謝り、そしてその言葉をちゃんと受け入れているようだった。

「あっ、この方は港にいた人で……」

私をその場に置き去りにしていたことを久美子が思い出したようだ。よく周りのことが見えている子だった。まだ久美子にとっては私は赤の他人であることには変わりないのにわざわざ気にしてくれたのだ。

そしてもう間もなく、久美子も私が父親だと知ることになるだろう。

その時久美子はどんな顔をするだろうか、私はどんな顔をすればいいだろうか。今更どんな言葉を最初に言えばいいのだろう。

だが私の頭の中がそんな風に目まぐるしく回っているうちに、貴子が思いがけない言葉を口にした。

「……私も知ってるわ、ここでお世話になってる人なのよ」

「はっ……」

そしてその後にも、私が想像もしていなかった言葉が続いた。

「案内係さんって呼ぶといいわ」

「えっ、いや……」

嘘はついていない。私が案内係であるのは確かにそうだ。でも貴子はあえて、私が久美子の父親だということを明かさなかったのだ。貴子がそうした理由は分からない。

私は一瞬のパニック状態に陥っていた。

「そうだったんですか、母とも知り合いだったなんて知りませんでした。こんな偶然あるんですね」

「は、はぁ……」

真実を言いだすタイミングを逸したまま話が進んでいく。

訳が分からないけれど、今久美子が言った言葉がなぜか頭の中に響く気がした。

私も、こんな偶然があるなんて思いもしなかった。

この短い間に別れた妻と、そして離れて暮らす娘と再会したのだ――。

「母のこと、ありがとうございます、案内係さん」

また改めて久美子が私の前に立ってそう言うので、この場は私も話を合わせるしかなかった。

「……あっ、はい、……一応総合案内係ですが」

視界の端で、貴子が小さく笑っているのが見えた。

「よろしくお願いします、私は久美子っていいます」

知っている。

久しいに美しい子と書いて久美子。

血液型はO型。

娘からこんな自己紹介をされる日が来るなんて思ってもみなかった。

◇

「あっ美味しいですね、この海鮮丼」

「……一応、私の一推しなので」

事態はまさかの方向に進展していた。というのも私と久美子の二人で、以前貴子と訪れた定食屋に来ることになったのだ。「案内係さん、久美子に美味しいご飯のお店を教えてあげてよ」と貴子に言われたのが全ての始まりだった。

最初は理由が分からなかったが、きっと貴子はこの状況を楽しんでいるのだと思った。ここまでくると真実を明かすことも出来ない。でも今は正直この方が場が丸く収まるのは確かだった。ここで私が父親だと正体を明かしていたら一悶着《ひともんちゃく》あっただろう。というのも、久美子は私のことを恨んでいるに違いなかった。なぜなら私は離婚したその日以来、一度も顔を見せに行っていなかったのだ。そんな薄情な父親など、娘からしたらもう二度と顔を合わせたくなかったはずだ。

「ご馳走《ちそう》様でした」

　手を合わせて久美子が言った。「いただきます」の時も手を合わせて言っていた。何かそんな些細《ささい》なことですらも感動を覚えてしまう自分がいる。もう久美子は二十八歳の大人だというのに、私の中ではまだ五歳の少女のままで時間が止まっているかのようだった。

「……お腹《なか》いっぱいになりましたか？」

「はい、満足しました」

　そう言ってから久美子が小さく笑う。

「……どうかしましたか？」

「……何だか少し可笑《おか》しくて、普通こういう時は美味しかったかどうかを聞くんじゃないかなぁって」

「あっそうですよね……、でもまあ最初に美味しいって感想を言っていたので……」

　ある意味子どもに向けるような言葉だったのかもしれない。久々に会ったのにやっぱり私は心のどこかで父親面をしているみたいだ。気をつけなければ……。

「お客さんたち、順番が一緒でしたね」

「えっ？」

　器を下げに来た店の女将《おかみ》さんからそう言われて驚いた。

「イカから食べて、鯵《あじ》の次は鯛《たい》、それからマグロに甘えび。食べ終わる時間まで一緒だったから思わず目で追っちゃいましたよ」

海鮮丼の具を食べる順番のことだった。

「いや、たまたまですよ、ははっ……」

そうやって曖昧に受け流すことしか出来なかった。こんな調子ではすぐにばれてしまいそうだ。よく考えたら、今のこの状況は火に油を注いでいるだけなのかもしれない。私が正体を明かしたら、久美子は軽蔑《けいべつ》の眼差《まなざ》しをもって接するに違いないのに、きっかけが貴子からとはいえ、嘘をついて騙《だま》しているのだ。この嘘がばれたときにはどうなってしまうのだろう。もしかしたらそれすらも貴子は楽しんでいるのかもしれないが……。

ただ、心の奥底で、今女将さんから言われた言葉に喜んでいる自分がいた。食べる順番が同じだったと言われて嬉《うれ》しかったのだ。そんなことで繋がりを感じてしまった。血液型以上にそんな些細なことが、私と久美子が親子だということを証明してくれている気がして……。

「あの、聞きたかったんですけど、案内係さんはいつから母と……?」

久美子が話を戻すように質問してきたので、私も案内係の立場として正直に答える。

「一週間くらい前です。あなたと同じように港で話をしまして……」

「そうですか……」

久美子は悩んでいるようだった。

そして呟《つぶや》くように言葉を漏らす。

「本当に勝手なんですよ、母は……」

知っている。

私も今またここで振り回されているから。

「なんでこんな勝手に全部決めちゃうんだか……。大変な時なのに一人で遠く離れた病院に転院するなんて、娘としては情けない気持ちでいっぱいです……。そんなに私は頼りないんでしょうか……」

私は、その言葉に本音で答えることにした。

「……そんなことはないと思います」

今こうして久々に会っただけだが、決して頼りないなんて思えなかった。

それに貴子がそんなことが理由でこの町に来るはずがないと思ったから。

「……ただあなたのことを悲しませたくなかっただけなんだと思います」

「……」

私の言葉に長い間があって、久美子はもう一度呟くように言った。

「本当に、昔から勝手すぎるんですよ……」

◇

「昨日は本当に大変だったよ……」

翌日、病院を訪れて私は貴子に向かってそう言った。

「久々に娘と食事が出来て嬉しかったの間違いでしょ？」

貴子は変わらない調子で私に言う。何か困らせるようなことをしたなんて、これっぽっちも思っていないみたいだ。

「……何も隠し事がなければね」

ただその言葉は当たってもいた。久美子との久々の食事の時間に幸せを噛《か》み締めていたのも確かだ。二十数年も経って、こんな機会が与えられるなんて思ってもみなかったのだ。

「いつバレるのかしらね」

「君は確実に楽しんでいるね」

「これくらいのいたずらは別に許されるでしょ。あなただって、甘んじて受け入れなくちゃ」

そう言われると弱いものがある。貴子は一人でここまで久美子を立派な大人に育ててあげてくれたのだ。私がそのことに引け目を感じているのは確かだから、たとえただのいたずらだとしても、私に出来ることがあればなんでも受け入れたいと思った。罪滅《つみほろ》ぼしの意味も含まれていたのだ。

「あっ、それともう一つあなたに受け入れてほしいことがあったの」

そしてタイミングよく貴子がそう言った。

「無理難題でなければ喜んで聞くよ」

私がそう言うと、貴子は思ってもみなかったリクエストを口にした。

「絵を描いてよ、昔みたいに」

「絵か……」

前にも鋸山のところで絵の話をされた。でも本当に絵なんてもうずっと描いていない。ただ貴子はちゃんと理由があってそのリクエストをしたようだ。

「ずっと病室にいると同じ景色ばかりで飽きるのよ。だから気を紛らわすためにも絵の一つでも見たいなと思って」

そういうことなら私も断るわけにはいかなかった。

「分かった、じゃあどんな絵がいい？」

「……そうね、じゃあまずはてんとう虫を描いてみてよ」

答える前に一度窓の外を見たので、太陽から連想したのだろう。最初のリクエストとしてはありがたかった。描くのもそんなに難しくない。その場にあったペンと紙でさっと描いてみせる。

「やっぱり上手ね……」

私が紙に描いたてんとう虫を見てそう言って、貴子はリクエストを付け足した。

「下に枝も描いて、その枝の先にてんとう虫が止まっているように」

「注文が多いな」

「最後に取って食いやしないわよ」

「宮沢賢治《みやざわけんじ》か」

「そう、よく分かったわね」

宮沢賢治の『注文の多い料理店』のことだ。『さよならだけが人生だ』の井伏鱒二の詩のこともあったけど、思えば読書も私と貴子を繋ぐ数少ない趣味のうちの一つだった。今もベッド脇のテーブルの上には何冊かの本が並べられている。貴子はやっぱり詩を好んでいた。その中には私も読んだことのある寺山修司《てらやましゅうじ》の詩集もあった。

「……それにしても、なんで枝が必要なんだい？」

「だってそうじゃないとてんとう虫って完成しないから」

「完成ってどういうことだい？」

枝の先に止まるてんとう虫を描いた後に私は貴子に尋ねる。枝なんてなくても、てんとう虫の絵自体は完成していると思ったから。

「てんとう虫は枝の先端まで上って行って、いき場がなくなると上に向かって飛び立つ習性があるのよ。だからそのお天道様《てんとさま》に向かって飛んでいく姿を見て、てんとう虫って名前がついたの」

「そうなのか、てんとう虫のてんとうがお天道様をさしているのは知っていたけど、その枝の先で飛び立つ習性のことは知らなかったな」

「私も最近本で読んで初めて知ったわ。なんだかその姿が一つの人生のようにも見えて素敵だったから」

「人生……」

貴子がまた窓の外を見つめて言った。

「歩んだ道の最後のところまで来ると、みんなそこから空に飛び立っていく……。不思議よね。亡くなった後、骨は土の下に埋めるのに、亡くなった後は空に旅立っていくイメージをしてしまうんだから」

確かに私にもそのイメージがあった。頭の中には枝の先から雲を越えて、空高く飛び立っていくてんとう虫の姿が浮かび上がっている。

「魂は空に、肉体は土に還《かえ》るものなのかもしれないね……」

私がそう言うと、貴子が意外そうな顔をした。

「……富津岬の展望台に行った時も思ったけど、あなたはやっぱり想像力が豊かなのね。

そういう人じゃないと絵は描けないのかしら」

そう言って貴子がクスクスと笑った。

ここが病室のベッドの上だと忘れさせてしまうくらいに。

「……君はいつも楽しそうだね」

僕は本当にそう思って言った。

「とても今にも死にそうには見えないでしょ」

うん、本当に見えない。

出来れば全部嘘であって欲しい。

そしたら君もこの世界に残り続けて、以前と同じ日々が戻ってくることになるし、久美子の悲しむ姿を見ることもなくなる。

でもそんな言葉は今は口に出せない。

決してその望みは叶わないのだから。

私が気安く口にしていい言葉ではなかった。

ただ私は、そんな言葉を言える彼女の強さを心から賞賛した。

「きっと君は、亡くなる最後の時まで涙の一つも見せないんだろうね」

私の言葉に貴子は「もちろん」と言ってから笑って言葉を続けた。

「あなたは私が死んでも泣きそうにないけどね」

どうだろうか。

涙を流した記憶なんてずいぶん昔のことだった。

もう涸《か》れてしまっていたとしたら、涙は出てこないかもしれない。

その時になってみないと、分からなかった。

◇

私の生活は昼間は港、夜は病院を行き来する毎日になった。時折、神奈川から船を使って見舞いにやってくる久美子と病室で顔を合わせることもある。その時は今更ながら家族三人での時間を過ごせているようで嬉しかった。貴子も久美子と一緒にいる時が一番笑っていた。そして貴子が私に出す絵のリクエストも徐々に変化を見せ始めていた。

「……ねえ、病院の外の絵をたくさん描いてきてよ」

貴子がそう言ったのだ。今までにはちょっとした花の絵とか鳥の絵とかをワンポイントでメモ用紙に描いてきたが、そうなると本格的な絵を描くことになる。私自身、久々に絵に対して意欲的になっていたのもあって、町の文房具店に行って一式買い揃《そろ》えて早速風景画を描き始めた。

まずは港の絵を描いた。それから鋸山の絵。機械的なロープウェーの質感を出すのには苦労したが、久しぶりに絵の具を使った割にはうまくいった気がした。

梅雨入りしてから沿道に咲き始めた紫陽花《あじさい》の花も描いた。商店街で働く市井《しせい》の人々の様子もつぶさに描く。私のこのささやかな絵を通して、わずかにでも貴子に外にいるような気分を味わって欲しかった。

前までは罪滅ぼしのようにも思っていたけど、今は異なる感情が胸の中に芽生えている。貴子に残された時間が想像以上に少ないとしたら、何か力になってやりたいと純粋に思っていたのだ。ほんの少しでも穏やかに残りの時間を過ごせるように――。

「綺麗ね……、雨の日の絵なのに何か温かさを感じるから不思議だわ」

今日は傘をさして並んで歩く小学生の子どもたちの絵を描いて持ってきていた。

貴子は目を細めてそう言ってくれた。

「そうかな、でもそう言ってくれると嬉しいよ」

「ええ、これは本当にお世辞《せじ》抜きに褒めてるわ」

貴子は満足そうに言ってテーブルの上に絵を置いた。絵もずいぶんと溜《た》まってきたので、壁に貼っているのは数枚だけで後はロッカーにしまっている。お気に入りの絵がその都度《つど》壁に貼られる仕組みになっていた。

「次はどんなところを描いて欲しいとかリクエストがあるかな？　この町周辺は、あらかた描き尽くしてしまった気がするけれど」

「そうね、そしたらもっと私が行けないようなところも描いてきて欲しいんだけど」

「もっと私が行けないようなところ？」

「そう、例えばエジプトのピラミッドとか、ペルーのナスカの地上絵なんかもいいわね」

「そのリクエストはあまりにも難しすぎるな、でもヨーロッパのフランスのエッフェル塔とか、イタリアのベニスの街並みとか、そういうところじゃなくていいんだね」

「そんなにおしゃれなところはあなたに似合わないと思うから」

「その言い方はエジプトとペルーの人に失礼だと思うよ」

「そういう意味で言ったんじゃないわよ、私は実際にヨーロッパよりそういうところの方が好きなんだから」

ただ単に好みの問題だったみたいだ。そしてそんな海外の話をして私も思い出したことがあった。

「……そういえば、私たちの新婚旅行は熱海《あたみ》だったね」

「やめてよそんな大昔の話、思い出すだけでも恥ずかしいわ」

「それはまた熱海の人に失礼だと思うよ」

「これもそういう意味で言ったんじゃないわよ」

ツッコミを入れるように言ってから貴子が笑った。

こんな風に会話が出来る時間を今は嬉しく思ってしまう。

昔よりもだいぶ心のゆとりを感じている。もしも私が若い頃にこのような心持ちだったらどうなっていただろうか。それとも今はお互いが夫婦という関係ではなくなったからこそ、この絶妙な関係性も維持されているのだろうか。それを確かめる術はない。

でもその時、予想もしていなかったアクシデントが起きた——。

「新婚旅行……？」

——病室の中に、久美子が入って来ていたのだ。

「どういうこと……」

久美子が私に向かって指をさす。

「じゃあこの人は……」

私はその言葉にすぐに答えることが出来なかった。

頭が真っ白になっていた。

ただ、この場でまた嘘を重ねるようなことはしたくなかった。

「久美子……」

その名前を呼んだ。もう隠し通すことなんて出来ない。

だからこそ口にしてしまった。初めて娘の名前を——。

「そんな……」

次の瞬間、久美子は病室から出て行った——。

「久美子！」

走った。このままにしておける訳がない。

今まで久美子に嘘をついていたのは事実だけど、ちゃんと話をしなければならないことがたくさんあった。

だからこそ、今すべてを明かさなければならない。

「久美子……っ！」

病院の入り口のところまで来てようやく追いつく、と久美子も止まってくれた。

頭の中には山ほど言葉が浮かんでいる。この二十数年をさかのぼるだけでも、いくつも話さなければならないことがあった。

――今まですまない。謝罪の言葉が真っ先に浮かんだ。今までずっと会いに行っていなかったのだ。私と貴子は離婚して夫婦ではなくなってしまったけれど、私と久美子は親子のままだったはずだ。それなのに私は一度も会いに行こうとしなかったのだ。

簡単に「すまない」なんて言葉で済ませることが出来ないのは分かっている。それでも謝罪の言葉をまず口にしなければいけないと思った。

「久美子……」

ただ、その後に私の口をついて出たのは、自分でも信じられない言葉だった。

「……大きくなったな」

その言葉が出てきた。

「何よ、今更……」

久美子もそんなことを言われるとは思ってもいなかったみたいだ。その後に何も続いて出てこない。

私も自分で言って驚いていた。何を今更、父親面した言葉を吐いているのだろうか。そんな言葉を言う資格なんて私にはない。

そしてすぐに謝罪の言葉を口にした。

「……いや、すまない。……本当に今まで申し訳なかった。……一度も会いに行かずに今更こんなに時間が経ってから姿を現すなんて」

「本当に、今更だよ……」

久美子が私と目を合わせないままそう言った。何を言っても許されるはずがない。本当にその通りだと思った。

「……偶然だったんだ。ここで貴子と会ったのも、久美子と会ったのも」

「……そうよね、あの港で会った時、私だと気づいてなかったみたいだし」

「……すまない。それにこうやって分かってからも嘘をついていたことを、いつ言い出そうかと思っていたけど、いつまでも言い出せないままで……」

「……そのことは、別に気にしていない」

「気にしていない……？」

思ってもみなかった発言だった。嘘をついていたことも、久美子を怒らせてしまったと思っていたからだ。

「……それを先に言い出したのはお母さんの方でしょ、お母さんはすべてを知っていたはずなのに、病院で最初に会った時もこの人は案内係だって紹介したんだから」

久美子は既に合点がいっていたようだ。本当に周りにちゃんと目がいく子だった。ずっと貴子と一緒に過ごしていたから、その性格を熟知していたのもあるかもしれない。

――本当に大きくなった。

見た目だけではなく、中身も大人で、私よりもよっぽど立派な人間に見えた。二十数年の歳月は、こんなにも人を成長させるのだろうか……。

「……貴子からいろいろ話を聞いたよ、もう結婚もして、子どももいるって」

「……そう。三年前に、娘ももう一歳になったから」

「……そうか、よかった。……娘か」

改めて久美子の口からその話を聞くことが出来て本当に嬉しかった。私と貴子は途中でうまくいかなくなってしまったけれど、久美子にはこれからも本当に幸せな家庭を築いてほしいと思う。

「……娘の名前はなんて言うんだ？」

「……明日香よ」

「……いい名前だ、今時でとても可愛い名前だ」

こんな話までしてしまって、もうこれで何も思い残すようなことはないと思えた。

ただそれでも、一つだけまだ言わなければいけないことがあった。

「……久美子、頼みがあるんだ」

私は久美子を見つめて言った。今更もう一度お父さんと呼んで欲しいなんてそんなふざけたことは言わない。ただ今は、病室で一人過ごし続ける貴子のために頼みがあったのだ。

「……これからのわずかな時間だけでいい、もう後になって私のことはすっぱり忘れてしまってもいい。……だから今だけは、私と仲のいい振りをしてくれないか？」

「仲のいい振り……？」

「あぁ、貴子に何か気苦労を増やしたくないんだ。残された時間は少なくて、だからこそこれから先は少しでも心穏やかに過ごしてほしいんだ。だから貴子の前で、病室の中で会った時だけでいい。その時だけは今までここで過ごして来た時と同じように接してくれないか……？」

私に対して、久美子がわだかまりを抱えているのは知っている。私だって同じ立場なら今さらこんな場所で再会した親のことを許せないはずだ。

だからこその提案だった。貴子には残りの時間を一秒でも長く笑顔で過ごして欲しかったから。

「そんなの……」

全て久美子の意思に沿うつもりだった。久美子が嫌と言うなら、この提案はすぐに却下するつもりだった。

そして久美子は、言葉を漏らすようにして答えた。

「……馬鹿にしないで」

「久美子……」

提案は却下されたものだと思った。

でも、その後に続いたのは私も想像していなかった言葉だった。

「……最初からそう言ってよ」

「えっ……」

「私ももう大人なんだから、仲のいい振りくらい出来るから……」

「すまない……」

私は、そこで自分がまた大きな過ちを犯したことに気づいた。

私は、やっぱり久美子のことを何も理解出来ていなかったのかもしれない――。

「もう私一人を仲間外れにして、二人で全部勝手に決めないで……、もうそんなのは嫌なの……」

「ごめん、本当にすまない……、久美子……」

その言葉に、私は謝ることしか出来なかった。

なにが「……大きくなったな」だ。

やっぱりちゃんとした大人になりきれていなかったのは、私だけだったみたいだ。

◇

言葉通り、久美子は私との間になんのわだかまりもないかのように接してくれた。久美子が旦那《だんな》さんと娘の明日香を連れてきたこともあった。その時ばかりは、貴子も年相応の祖母の顔をしていた気がする。

ただ、ここ最近になって貴子が体調を崩すようになっていた。私が病室を訪ねても眠っていることの方が多かったし、体を起こすことすらも苦しそうにしている時があった。本人はほとんど弱音を口にしないが、傍で見ているとその変化を実感せざるをえなかった。

「今日の調子はどうだい？」

「安定してるわ、悪いままだけど」

こうやって言葉を返してくれている間は大丈夫だろうか。

そして今度は貴子の方から私に質問を向けてくれる。

「あなたの仕事の方はどうなの？　最近は忙しくないの？」

「私の方も安定しているよ、というかそんなに変わり映えするものではないから」

「何かまた珍しい人と会ったりしていないの？」

「元妻と娘以上に珍しい人なんてもう現れるわけがないよ」

私がそう言うと、貴子が小さく笑った。

「そう……」

一瞬の間が空く。

こういう時は貴子が最後に何か言葉を付け加えて終わることがほとんどだったが、ここ最近はこんな感じで尻すぼみに終わることが多かった。

これも小さな変化の一つだろうか。

その変化の先に待っているものを今もまだ、受け入れられそうにないけれど――。

「……一つ、聞きたいことがあるんだけどいいかな？」

だから私の方からまた話を始めた。

「聞きたいこと？」

「うん、よく考えるとそうだったんじゃないかなって思い始めたんだ」

「なんのこと？」

「……あの時、私がただの案内係だと久美子に嘘をついたのは、私のためだったんじゃないのか？」

その言葉に、貴子は一瞬逡巡《しゅんじゅん》したように見えた。

「……そんなことないわ、冗談はよして」

「冗談なんかじゃないよ、だってそうとしか思えなかったんだ」

あの場で久美子が私のことを父親だと知れば、今まで積もり積もったものがあるし、衝突は避けられなかったはずだ。きっとまともに話し合うことすら、なかったかもしれない。それを避けるために貴子はあの場でああ言ったのではないだろうか。そして結果的にちゃんとした話し合いが後になって生まれていた。

「思うのはあなたの勝手だけれどね……」

貴子は私と目を合わせない。

でも私は貴子をまっすぐに見つめて言った。

「……君はわざと嘘をついて、私と久美子がもう一度ちゃんと話し合うための時間をくれたんだ」

「……やっぱりあなたは想像力豊かね」

最後まで貴子は認めようとしなかった。

「……いいんだ、君がそう言っても私はそう思っているから」

「……そうね、好きにすればいい」

「……ありがとう」

私はただ素直な気持ちでそう思っていた。こんな言葉をきちんと昔から言うべきだったのだろう。後悔してももう遅すぎるけれど。

そして、もう一つ聞きたいことがあった。

もう一度、問い直してみたかったのだ。

「……今でも、君はさよならだけが人生だって思うかい？」

あの日、貴子が井伏鱒二から引用した言葉。

ずっと私の中に残っている。

そのあまりにも美しい言葉が胸の奥底を貫いたまま突き刺さっていた。

でも私はここ最近の出来事や、これまでの人生を思い返してみて、やっぱりさよならだけが人生だなんて思えなかったのだ。

「思うわ。さよならだけが人生よ」

でも、貴子は言い切った。

そして、言葉を続ける。

「学生の頃から転校や卒業の別れがあるし、社会に出てもまた別れの連続で、結婚しても離婚したり、人はどこまでも離れるばかりでしょ、それに……」

少しは反論したかったけれど、離婚のことを引き合いに出されると耳が痛い。

そして貴子は決定的な言葉を口にする。

「……人は最後にみんな死ぬ。最後に必ず待っているのが別れなのだから、さよならだけが人生だって言葉はぴったりでしょ」

「……」

私は何も言えなかった。

その通りだと、思ってしまったから。

「色んな別れがあるけれど、死は一番の大きな別れよね……」

「貴子……」

ようやく言葉が出てきた。

ただ、名前を呼ぶことしか出来なかったけれど――。

「……あなたも後悔しているでしょう、もう一度私と出会ってしまったことを」

「……そんなことはない」

「いいえ、それについて私は迷惑をかけてしまったって思ってる……。だってここで私は本当に一人で死ぬつもりだったんだから……」

「……違う、だってここで君と再会したことで、久美子ともう一度出会えた。君がいなければ父親として、こんな機会を与えられることもなかった」

私は本気でそう思っていた。後悔なんて全然していなかった。

きっかけを与えてくれたのは貴子だった。

「……それはそうかもしれないわね、あなたにとっては孫の顔まで見られた訳だし」

「……でもそれだけじゃない」

——ただ、貴子とここでもう一度出会えたことに、一番感謝していたのだ。

「君と登った鋸山も、本当に昔を思い出し、昔にもどったようで楽しかったんだよ」

昔のあの懐かしい日々を思い起こさせてくれた。

「富津岬の展望台に一緒に行けたのも良かった」

貴子がこの町に来るきっかけにもなった、あの潮干狩りをした海岸の傍だ。

「懐かしさを味わえたのは君がいたからなんだよ。誰かと昔の思い出を共有するなんてことは、この町に来てからずっとなかった。だから君とまた話せて、本当に嬉しかったんだよ」

私は、こんなにも素直に言葉が出てきた自分に驚いていた。ようやく素直にちゃんと胸の中にあった言葉を伝えられた気がする、あまりにも遅くなってしまったけれど——。

そんな私に、貴子はこう言った。

「……そんなこと言われても、私の思い出のピークは最初の海鮮丼よ。あの美味しさに一番感動したんだから」

そのいつもの調子の、強がりにも思える言葉を聞いて、私はあることを思い出した。

「……君もあの時、最初にイカを食べて、それから鯵を食べていたよね」

「……それがどうかしたの？」

不思議そうな顔をした貴子に向かって、微笑《ほほえ》んでから言った。

「――それがとても大切なことなんだ」

◇

穏やかな時間の進み方とは正反対に、貴子の容態は急激に変化していた。今までは緩やかな傾斜だったのが、急な坂を転がり始めたかのようだ。ここ最近はほとんど寝たきりになっていて、一昨日から会話もめっきり減《へ》っていた。

窓の外は、夏の始まりを感じさせる空が広がっている。病室の窓からだとなぜかその空がやけに青々と見えた。

「……外はもう暑いよ、歩いているだけで汗をかくくらいだ」

ベッドに横たわったままの貴子に向かって、病室に入るなり私はそう言った。貴子からの返事はないが、そのまま言葉を続ける。

「……久美子は今日は夜になってから来るみたいだよ、何か買ってきて欲しいものがあったら買ってくると言っていたけど」

「……何もないわ」

そこで初めて貴子からの返事があった。だが、まだ目も開けていない。

ベッド脇のテーブルの上は整頓されている。というかここ最近は、まともに使われていない。以前は私が描いてきた絵がよく置いてあったが、今はすべてロッカーの中にしまわれていた。

「……そういえば、もうすぐ花火大会があるよ」

会話が途切れてしまったので、記憶の中を掘り起こしてそう言った。港にも、その地元の花火大会のポスターが貼られていたのだ。

「……七月の下旬だからあと一ヶ月ってところかな」

貴子からの返事がまだないので私が付け加えると、ようやく言葉が返ってきた。

「……随分先ね」

私はもうすぐと言ったが、彼女は随分と言った。

そして珍しく貴子が、そのまま言葉を続ける。

「……花火も見てみたいけど、……桜も見たいわ」

「桜か……」

春は終わったばかりだ。一ヶ月どころか十ヶ月ぐらい先になる。それはもう随分と言うよりも、遥か遠い先のことのように感じた。私にとっては、それはとても叶えることが難しいリクエストだった。

「……花火大会で、桜のような花火が見られるかもしれないよ。近頃の花火は色とりどりで綺麗だから」

「……それなら、……花火のような桜の方が見たいわ」

貴子は何か強い意思を持ってそう言っているようだった。

花火のような桜。

それはどんなものだろうか、私には想像がつかない。

でもそれから貴子は目を開けて天井を見つめながら、か細い声で続ける。

「……最近、……亡くなった父と母のことをよく考えるの」

私は、逡巡を見せないように尋ねる。

「……どうして？」

貴子は言葉を漏らすように言った。

「……死ぬことの怖さが、……薄れるからかもしれない」

「死ぬことの怖さ……」

そんな言葉を、貴子の口から聞くのは初めてだった。

貴子が今までにそんな言葉を口にしたことはなかったから。

「この歳になると両親が亡くなっているのも普通だし……、それに同年代の友人でも私より先に亡くなっている人もいる……」

貴子は説明するように、言葉を続ける。

「……そういう自分と関係性のある人たちが、この先で待ってくれていると想像したら、……死への恐怖が和らぐ気がしたの」

「関係性のある人たち……」

貴子の言葉に驚かされたが、納得させられてもいた。

私もすでに父と母を亡くしている。そして事故や病気で亡くなった友人も同じようにいた。その人たちがこの先で待ってくれているとしたら……。

「……滑稽よね。『さよならだけが人生だ』なんて言っておいて、……私は一人になることを恐れて、……結局死ぬのが怖くて仕方なくて、……この世界にさよならをした後に、また誰かと出会うことを心の拠《よ》りどころにしているんだから」

「私もそう思うよ……」

苦しそうに心の奥底に眠っていた言葉を吐き出し続ける貴子の姿を見て、今にも涙が零《こぼ》れ落ちてきそうだった。

でも今私が泣く訳にはいかない。

だって貴子はいまだに涙を見せてはいなかったから。

だから今は、ちゃんとこの胸の中にある言葉を伝えなければいけない――。

「……そうやってもう一度大切な人と会うことの出来る世界が、これから先きっと待っているはずだよ」

「……やだなあ、……あなたと一緒に過ごしていたせいで、私まで想像力豊かになっちゃったのかもしれない」

そこで貴子が本当に久しぶりに、以前のように小さく笑った。

そして、今度は真剣な眼差しをして言った――。

「……人生には色んな別れがつきもので、……だから私は、さよならだけが人生だって言葉を自分に言い聞かせていたのかな。……人生はそういうものだと思えば、別れの辛《つら》さが少しは紛れるかもしれないから」

――確かに、そうなのかもしれない。

井伏鱒二がどう思って、元の漢詩をそう訳したのかは分からないし、いくら考えたって凡人の私たちには、そのあまりにも美しすぎる言葉の本質は分からない。

でも、今は貴子の導き出した答えを信じたかった。

なぜなら、ずっとその言葉を心の支えにして生きてきた貴子が、最後にそう思ったのだから――。

「――さよならだけが人生だ」

貴子は念を押すように、もう一度その言葉を病室の小さな空に放った。

何か、前とは別の言葉のように聞こえる。

貴子は、かすかに笑っていた。

今更ながら気づいた。

私は、この人を尊敬していた。

私にはないものが彼女の中にはある。

昔はそのことが原因で諍《いさか》いになることもあった。

まだ若かった。

お互いに若かったんだ。

でも今は純粋にその違いを認められる自分がいた。

きっと、彼女の魂もまた美しいのだ。

その魂が彼女の以前の言葉通り、てんとう虫のように空へと昇るなら、その魂はいつか輪廻《りんね》して、また肉体を伴ってこの世界で産声を上げることになるのだろう。

こんなことを言ったら君はまた「あなたは本当に想像力豊かね」と言って笑うのだろう。

でも私は本当にそう思うんだ。

いつかまた君は、この世界に住むたくさんの人たちと出会うことになる。

私は、そう思うよ。

そんな優しい世界が待っていたらいいなと、心から思うんだ――。

「茂《しげる》さん……」

彼女が本当に久しぶりに、思いだしたかのように私の名前を呼んだ。

私も自分自身―忘れてしまったかのような、そんな懐かしい言葉の響きだった。

「貴子……」

――そしてごく自然に、私たちはお互いを抱き締めあった。

それは愛の抱擁というよりは、スポーツ選手が試合後に、お互いの健闘を称《たた》え合うようなそれに近かったかもしれない。

小さな肩に、薄くなった背中。

私を抱きしめ返すその手の指も随分と細く感じる。

いつの間にか、こんなにも時間が経ってしまっていた。

長い長い、途方もない時間のかかった再会だった。

その時、隣のベッドのつけっぱなしにしたテレビからニュースの声が聞こえた。

以前にも取り上げられていた、七年後に長野でオリンピックを開催するという話だった。

これから七年も先の、一九九八年のことなんてあまりにも遠い話だ。

十ヶ月後の桜も、

一ヶ月後の花火も、

今は遠い遠い先の、未来の話だった――。

◇

それから一週間後、貴子は息を引き取った。

あの話をした後、私と貴子は一度も会話を交わすことはなかった。言うなれば風前《ふうぜん》の灯火《ともしび》のようなものだったのだ。笑った顔を見たのもあの日が最後だった。

臨終《りんじゅう》の瞬間、私は病院にはいなかった。仕事の最中に、病院にいた久美子に呼び出されて向かうと、病室にはまるで眠っているかのような姿の貴子がいた。

季節はすっかり夏に変わり、汗ばむ陽気になっていた。じきに蟬《せみ》も鳴き始めるだろう。花火大会も行われる。

それから盆を過ぎて、空の怒りにも似た夕立の日を何度か過ごすと、十五夜の月の見頃になる。そうするともう秋だ。

秋は年々短くなっている気がする。木々の葉が色づき、だんだんと晩秋の様相を深めていく。物悲しさを追いやることも出来ないまま冬になる。

長野オリンピックはまだ七年後だ。

雪が降る。そしてその雪が溶けてようやく春が来る。

桜の咲く季節だ。

まだ途方もなく遠い季節だ。

あと何日過ごせばその日を迎えられたのだろう。

どうやっても辿り着けなかった気がする。

——一緒に見ることは、なにも叶わなかった。

「……お母さん、最後に、『だい……』なんとかって言ってて、きっとそれが最後の言葉だった……」

貴子が病室から運ばれて、私と二人だけになったときに、久美子がそう言った。臨終の瞬間に間に合わなかった私のために、わざわざ知らせてくれたのだろう。

ただ、その「だい……」と言われても思い当たる節《ふし》がなかった。貴子は何と言いたかったのだろう。こういう時と言えば、誰か人の名前だろうか。巷《ちまた》ではやや前の甲子園のアイドル荒木大輔《あらきだいすけ》にあやかったのか、『大輔』という名前の子どもも多かったが、一応久美子に聞いてみても、『だい〜』という人の名前は身近にいないということだった。

なにか最後のメッセージだろうか。目の前に久美子がいたことを考えると、例えば、「大好き」と言おうとしていたりして……。でも、やっぱり違う気がする。貴子は最期の瞬間だとしても、そんな言葉を口にしない気がした。

それならば、何か辞世の句のようなものでも残そうとしたのだろうか。あれだけ強い人ならそれもあり得ると思ってしまった。でもそれならきっと貴子はあの『さよならだけが人生だ』という言葉を残すはずだ。それなら「さよ……」という言葉で始まらなければおかしい……。

考えても答えは出そうになかった。

たまたま口をついて出てきたのがその二文字だけだったのかもしれないし、元々言葉の形を伴っていなかったのかもしれなかった。今となっては考えても仕方のないことだ。

それから一度久美子は自動販売機に飲み物を買いに行くと言って、私はロッカーの中に残された遺品を整理することになった。

貴子の持ち物は少ない。ここに来るまでにほとんど整理してきたのだろう。最低限の着替えと貴重品と本が数冊、そしてそれと一緒に私が今までに描いた何枚もの絵が残されていた。

てんとう虫の絵。公園に咲いた百日紅《さるすべり》。それから鋸山に金谷港。空を飛ぶカモメと鳶《とび》。空き地の隅で昼寝をしていた猫。雨の日に傘をさす子どもたち。紫陽花の花——。

その絵を見ているだけでも、あの日、貴子が嬉しそうに眺めてくれたことを思い出してしまった。

本当に貴子は、私の絵を気にいってくれていたのだ。

「んっ……？」

その中に、ふるぼけた一枚の紙を見つけた。

明らかに紙の質が違うので異彩を放っている。

「これは……」

その紙には、絵が描かれていた。

「桜……」

満開の桜の絵だ。

見覚えがあった。

すぐに思い出したのだ。

この絵を描いたのは――。

――私だ。

でも、最近ではない。この酸化して色あせた紙が示すとおり、遠い過去のものだ。この絵を描いたのは、確か……。

まだ、私と貴子が結婚していた頃だ。

そして久美子が貴子のお腹の中にいた時のことだ。

桜の咲く季節だった。貴子は出産前に体調を崩し、そのまま入院することになっていた。

それでお見舞いに行った時、花見をすることが出来ないのを嘆いていた。

だから私は絵に描いた。

沿道に咲く、どの桜よりも綺麗な満開の桜の絵を描いたのだ。貴子はとても喜んでくれた。そして久美子が生まれて、無事に親子揃って退院するまで病室に飾ってくれたのだ。

でもそんなことすっかり忘れていた。

だってもう三十年近くも前のことだ。

けど貴子はずっとこの絵を大切に持っていてくれたんだ。

私が描いたこの絵を——。

「えっ……」

そして、その絵が描かれた紙を裏返した時、震えたような文字で、ある言葉が書かれていることに気づいた。

だいせんじがけだらなよさ

「これは……」

それを一目見た瞬間、何のことなのか分からなかった。

その言葉が何を意味しているのか分からなかったのだ。

「だいせんじがけだらなよさ……」

その言葉を口に出して呟いてみる。

でも、何かその言葉に聞き覚えがあった。

どこかでこの言葉を聞いたことがあったような……。

「……あっ」

次の瞬間、気づいた。

「さよならだけがじんせいだ……」

あの井伏鱒二の言葉だ。

そして、その紙に書かれた『だいせんじがけだらなよさ』という文字を逆から読むと
――。

さよならだけがじんせいだ

になるのだ。

そのことに気づいたのは、ただの偶然ではない。

傍にあったのは寺山修司の詩集。

その中の詩の一つに、『だいせんじがけだらなよさ』というものがあった。

寺山修司は幼い頃に戦争で父を亡くし、母とも十二、三歳の頃に生き別れて親戚の家に預けられて暮らしていた。そんな寺山修司が、寂しさがこみあげると、呪文のように唱え続けていた言葉がこの『だいせんじがけだらなよさ』だったのだ。

『さよならだけが人生だ』という言葉を反対から読む。つまりそうやって『さよならだけが人生じゃない』という想いを強く胸に抱いていたのだ。寺山修司は『幸福が遠すぎたら』という詩の中でも『さよならだけが人生ならば』という言葉を繰り返して詩を読んでいた。

今になって私はそんなことを思い出していた。

なぜなら、この言葉をあの貴子が書いていたということは……。

「君も……、そう思っていたのか……」

その文字は、つい最近書かれたものに違いなかった。

だからこそ、貴子は今際《いまわ》の際《きわ》にそう思っていたんだ。

出会えたことを後悔なんてしていなかった。

さよならだけが人生じゃないと、最後にそう伝えてくれたんだ。

だって、きっと君が最後に言いたかった言葉は——。

『だい——せんじがけだらなよさ』

「そう、だったのかな……」ただの私の憶測だけれど、今はそう思いたい。

今の君ならそう言うと思った。

だって私も同じ想いだったから——。

「貴子……」

——その瞬間、せき止めていたものが壊れてしまった。

君は最後の瞬間まで涙を流さなかったのに、私は泣いてしまった。

でも、私は君のように強くないから泣いてもいいよね——。

「あぁ……」

涙が、溢《あふ》れ出てくる。

どうやっても、止めることなんて出来なかった。

「あぁ、あぁっ……」

なぜここでまた出会ったのかは分からない。

遠い過去の記憶に導かれたのか、糸を手繰《たぐ》り寄せるように巡り合ったのか、その答えは私には分からない。

その後に待っていたのも別れだった。

もう二度と会うことのできない、一番の大きな別れ。

これが本当に、最後のさよならだった。


でも、私はここでもう一度出会えたことをほんの少しも後悔していなかった。

さよならだけが人生ではないと、この出会いと別れが教えてくれたから――。


――貴子の葬儀が終わった後、私は総合案内係の仕事に長い休みをもらった。

世界を自分の足で回ることに決めたのだ。貴子が言ったように、海外の色んな場所の絵を描きたいと思ったからだ。

まずはエジプトのピラミッドを見に行った。それから北米に渡り、アメリカ、メキシコと渡った後にペルーへ行った。お目当てはナスカの地上絵だ。ヘリコプターで絵を上空から眺めるツアーに申し込んだ。ガイドの人は、これほど大きくて当時の現地の人もその全体図を俯瞰《ふかん》して見ることの出来なかった絵が、一体誰のため、そして何のために描かれたものなのかということを教えてくれた。その真実を聞いた時、私は酷く心を動かされた。このナスカの地上絵が本当に特別なものだということを初めて知ったのだ。

そして旅立ってからちょうど一年が経った頃、また金谷へと戻って来た。総合案内係の仕事にもそのまま復帰することになった。ただ何か物足りないというか、私は自分のやるべきことを模索していた気がする。

そんな中で、港を毎日のように訪れる一人の男と出会った。でもその男が船に乗ることはなかった。ただ船を毎日見送って、最後の船が出ると同時に港から去って行くのだ。

ある日、試しに話しかけてみることにした。すると人間関係でいざこざがあり、仕事の毎日にも疲れて、ふと通勤とは真逆の電車に乗ると、ここに辿り着いてそのままとどまっているのだと言った。船を眺めるのがとても好きなようだ。そして、その寂しさの混じった顔が私とよく似ていた。

だからなのかもしれない。私は会ったばかりのその男に、旅での出来事と、その旅に行くきっかけとなった貴子のことをぶしつけに話してしまった。「もう一度出会えたことを後悔はしていない」なんて自分の想いまですっかり吐露した後で我に返って、「……突然、こんな話をして悪かったね」と私が謝ると、その男は「遠く離れた他人だからこそ、話せることもあると思いますから」と言った。

不思議な男だった。でも何かそれなりの痛みを胸に宿している気がした。それがやっぱり貴子の話をしてしまった理由なのかもしれない。やっぱり私とどこか似ている気がしたのだ。そのくるくるパーマ頭だけは全然似ていなかったけれど。

「……なあ君、私の代わりにここで仕事をしてみないか？」

私は提案をした。「ここにいれば船に乗ることは出来なくても、毎日船を眺めることは出来るよ」と言葉を続けると、男は興味を示したようだった。

彼は——椿屋《つばきや》誠《まこと》と名乗った。

私は、菊川《きくかわ》茂と名乗った。

そして椿屋は、「私がその総合案内係の仕事をした場合、菊川さんはこれから先何をするんですか？」と尋ねてきた。

私は純粋な気持ちで答えた。

もう答えは決まっていたのだ。

「この町にたくさん桜を植えようと思うんだ、これから忙しくなるよ」

やるべきことを見つけた。

これが貴子のために私が出来ることだと思った。

あの日も桜を見たいと彼女は言ったのだから。

「だからそうだな……、私のことはこれから——、サクラとでも呼んでくれよ」

そう言われて椿屋は、なんのことだかよく分からないような顔をしていた。
私はほんのわずかにだけど、久々に笑顔になれた気がした。

「幸福が遠すぎたら」

寺山修司

さよならだけが
人生ならば
また来る春は何だろう
はるかなはるかな地の果てに
咲いてる野の百合《ゆり》何だろう

さよならだけが
人生ならば
めぐりあう日は何だろう
やさしいやさしい夕焼と
ふたりの愛は何だろう

さよならだけが
人生ならば
建てたわが家は何だろう
さみしいさみしい平原に
ともす灯《あか》りは何だろう

さよならだけが
人生ならば
人生なんか　いりません

『寺山修司詩集』（ハルキ文庫）より

第六話　旅立ちの日に

――二〇一九年、春。

金谷《かなや》港の総合案内係として、さまざまな人の出会いと別れを見届けてきた。時代は流れていた。元号が平成から新たなものに変わることも決まっていた。それでも変わらない私の生活は今もここで続いている。私がこの職を受け継いだ時、サクラさんは六十三歳だった。そして今私は六十六歳。いつの間にかその歳《とし》を追い越していることに驚いてしまう。

ただそのサクラさんも、とうとうこの春に亡くなってしまった。

享年九十歳。大往生ともいえるその最期に、悲痛な涙を流す人は少なかった。この地にたくさんの桜を植えた男の最後を、みんな笑顔で送り出したいと思ったのだ。

葬儀にはたくさんの人が集まった。数日経《た》ってから、この町だけではなく世界中から色んな人が訪れ始めたのだ。海外でサクラさんが描いた絵を持ってきてくれた人もいた。サクラさんのあることないことを噂《うわさ》していた人たちが、「画家ってのは本当だったのか……」「凄《すご》い人だったんだな……」とぶつぶつ言っていたのには思わず笑ってしまった。サクラさんの名誉のためにも私の口から、絵はあくまで趣味の範囲でしたよ、というのは伝えないことにした。

サクラさんが亡くなったのは、桜の咲く季節だった。本当は昨年、主治医からは、この冬は越せないだろうと言われていた。それでもこの桜が咲く季節まで生きたのだ。まさにその名に相応《ふさわ》しい最期だった――。

「――どうも、桜木《さくらぎ》さん」

葬儀から一週間が経って、春風亭《はるかぜてい》に顔を出した。長年通いつめているお店だけれど、ここ最近はサクラさんの葬儀もあり、バタバタしていてあまり来ることも出来なかった。そして私はこれから神奈川に住むサクラさんの親族に会いに行く予定がある。海外の人がくれた絵を渡しに、フェリーに乗って会いに行くのだ。そしてなんだかんだ私は乗船するのは初めてだった。二十数年間フェリーサービスセンターで働いてきたが、今まで一度も乗る機会はなく、不思議なものだがこんなことがきっかけで、初めて乗ることになったのだ。といってもその絵を渡したらすぐに帰ってくるつもりだから、たいした用事ではないのだけれど。

「おう、椿屋《つばきや》」

昼の営業が終わって、今は休憩の時間みたいだが、桜木さんはお客さんが使うテーブルを丹念に拭いていた。お客さんが絶えない秘訣はきっとこんなところにもあるのだろう。店内はいつ来ても綺麗《きれい》なままに保たれていた。

「それにしても、いつ見てもいい写真ですね……」

そんな清潔なお店の中でも思わず目がいってしまうのは、壁に貼られた写真だ。カナダのオーロラ。ボリビアのウユニ塩湖。フィンランドの雪原。それから春風亭の前で写る桜木さんと大輔《だいすけ》君。満開に咲き誇る桜と並ぶサクラさん。私も写る金谷港の風景――。

全部大輔君の同級生の町田《まちだ》君が撮ってくれたものだった。彼は大学を卒業してから写真家になったのだ。時折休みがあるとこっちに戻ってきたが、一年の大半を海外で過ごし、旅先から写真を送ってくれていたのだ。私も桜木さんも、その写真をいつも心待ちにしていた。

「マッチには大輔も相当世話になったからな、本当にいい奴《やつ》だよ」

「大輔君もいい奴だから、いいコンビじゃないですか」

「どうだかね、まだ色んなところフラフラしてるみたいだし」

「今はどこにいるんですか？」

「東京に戻ってきてるよ、今度は和食の修行中だってさ。そのままそこで店でも始めればいいのに、世界を巡った末に、いずれはまた春風亭に戻ってくるつもりなんて、まったく訳が分からん……」

専門学校を卒業すると、大輔君は町田君とともに、世界を周って色んな料理を研究し始めたのだ。ヨーロッパからアジア、そして北米や南米とさまざまなところを渡り歩き、今は日本に戻ってきているらしい。

「そんなこと言って、内心は嬉《うれ》しくて仕方ないんじゃないですか？」

「馬鹿言ってんじゃねえよ、うちの店が謎の多国籍料理屋にでもなったら、どうしてくれるんだよ……、ったく」

そこであらかた店の掃除が終わったみたいだ。

桜木さんが熱いお茶を入れた湯呑みを二つ持って、目の前に座った。

「ふぅ……」

「……あの、桜木さん？」

ただ桜木さんの様子は何かただならぬ雰囲気だった。掃除が思いのほか長引いてくたびれたのかと思ったけど、そうではないようだ。

「なあ、椿屋……」

「……なんですか？」

何か言いにくいことを切り出すかのような顔をしている。こんな姿を目にすることは滅《めっ》多《た》にない。いつでも竹を割ったようにまっすぐ言葉をぶつけてくる人だったからだ。

「……あれだよ、サクラさんの方はもう落ち着いたか？」

「……サクラさんですか？」

何か話を他にすりかえたかのようだった。とりあえずその質問に答える。

「そうですね、いまだに毎日のように誰かが訪れますよ。ちょうど桜が咲いているのも相まっているのかもしれませんが」

実際春になるとここを訪れる観光客は増えた。桜が見頃なのも関係しているが、その桜こそ、サクラさんが植えたものだったからだ。

「……そうだよな、本当にあの人は最後の最後まで桜を植え続けていたからな。しかも近くに空き地があるのに、そこには植えないでわざわざ離れた山の中に植えたり、よく分からないこともしてさ、……手入れだって面倒なのに」

「私もその理由を聞いたことはありませんね」

確かにサクラさんは、一定の場所にたくさん桜を植えたかと思ったら、今度はかなり離れたところに植え始めたり、端《はた》から見ているとよく分からない基準で桜の植樹を続けていたのだ。その理由は最後の最後まで私にも分からなかった。何か意味があるようにも思えなかったけれど……。

「まあ考えるだけ無駄か、変わったところは山ほどある人だったからなあ……」

話し始めたにもかかわらずこの件についてはあまり掘り下げる気はないようだ。そういう雰囲気もこの長い付き合いで熟知している。

そしてまたそこで、桜木さんの様子が変わった。

「おい、椿屋……」

「……なんですか?」

「お前本当に……」

さっき一度は言いかけた言葉をここで口にするようだ。ただ私は桜木さんが何を話そうとしているのか見当もついていない。そんな言いにくい話なんて今さらないはずだが……。

「……あれだよ、なんかうちも新メニューとか作った方がいいと思うか?」

……さっきまでの言葉と内容が合っていない。気にはなるが、私はとりあえず、その質問に答えることにした。

「……別にいらないんじゃないですか、お店は充分繁盛しているし、もう桜木さんの作る料理に誰も文句はありませんから」

「そうか……」

私が褒《ほ》めるようにそう言っても、桜木さんは少しも嬉しそうな様子を見せない。気になる……。一体、桜木さんは何を隠しているのだろうか……。

から。

「……あの、言いたいことがあるなら、ちゃんと言ってください」

私の方からはっきりと言った。もうそんな気を遣う間柄でもない。

だからこそ正面から尋ねることにした。どんな質問でも、きちんと答えるつもりだった
から。

「ああ……」

するとそこで桜木さんも、何か覚悟を決めたようだった。

「なあ椿屋……」

居直って私の目を見据える。

「……お前、初めてフェリーに乗ってここを出て行くって本当か？」

「えっ？　まあ、そうですけど……」

どうやら桜木さんにはそのことを知られていたようだ。サクラさんの絵を渡しに初めて
フェリーに乗ると、他の職員に話していたのが桜木さんの耳にも入ったのだろう。ただそ
れをなぜ、ここまで言いにくそうにしていたのかが分からない。

「そうか……」

桜木さんは、とても神妙な表情のままだ。

……訳が分からない。

一体、その質問になんの意味があるのだろうか……。

「……それがどうかしましたか?」

「……なんだなんだ寂しい言い方するじゃねえか」

「寂しい言い方って……」

やっぱり全くもって訳が分からない。

ただここまでくると、桜木さんが何か勘違いしているのではないだろうかと思い始めていた。

そして桜木さんは絞り出すように、決定的な言葉を言った——。

「……お前がこの町からいなくなるなんて想像もしなかったよ」

「はっ?」

——とてつもない勘違いをしていた。

「フェリーに乗って最後に出て行くなんてなあ……」

「……あ、あの、桜木さん?」

私はただその日のうちに行ってすぐに戻ってくるだけだ。一時間後にはまたこの金谷港に戻るフェリーに乗って帰ってくる。

でもこれではまるで、もう完全にこの町から出て行ってしまう人であるかのようだ。とんでもない勘違いをしている……。

だが戸惑《とまど》う私を気にも留めないで、桜木さんは言葉を続ける。

「まあ、盛大に送りだしてやるからよ……。この港でずっと働いていたお前のためだし、派手にいかないとな……」

「だからちょっと桜木さん！」

もう口を挟まずにはいられなかった。

「なんだよ！　今これから俺が感動的な涙ちょちょぎれるメッセージを最後に送ってやろうと思っているのに！」

桜木さんが大きな声を上げたので、私も負けないくらいに大きな声を出した。

「だから最後じゃないですって！」

これ以上勘違いを加速させるわけにはいかない。

「へっ？」

「その日のうちにすぐ戻ってくるんですよ！　ただ届け物をするだけですから」

「ふえっ？」

素《す》っ頓狂《とんきょう》な声が二回続いた。

桜木さんもその答えは全然想像していなかったみたいだ。

「いやだって、あの港でずっと働いていたのに、二十数年間一度もフェリーに乗らなかった男が、ここへ来て初めて乗船するって聞いたもんだから、俺はてっきり……」

どうやら私が初めてフェリーに乗るという話が、変なところで一人歩きしていたみたいだ。

それにしてもさっき聞き流せない言葉があったような……。

「盛大に送り出すって、どういうことですか……？」

桜木さんがとても言いにくい言葉を口にするかのようにしかめっ面になる。

なんだかこの顔を十数年前に、どこかの駅近くの車の中で見た気もする……。

「……もう、お祭りみたいになってる」

「ひぇっ？」

今度は私の口から素っ頓狂な声が飛び出した。

信じられない言葉が返ってきたからだ。

「……冗談ですよね？」

「マジだよ……、町中に声かけたから、みんなもう集まって来るだろうし、それに大輔もマッチも遠路はるばる来るし……」

「ま、町田君も？」

「椿屋さんの晴れ姿をぜひ写真に収めたいって、オーストリアから……」

「オーストリア……」

「……ははっ、まあカンガルーとか一緒に連れて来ちゃったりしてな」

「それはオーストラリアですよ……。オーストリアはヨーロッパです。カンガルーもコアラもいませんから……」

「そうか……」

桜木さんの冗談も不発だ。

というかどんなことを言っても今は笑えなかった気がする。

そして、港に集結してきた人たちの姿が店内からもちらほら見え始めていた……。

◇

大変なことになった……。

「フレー！　フレー！　つ、ば、き、やー！」

「椿屋さん、お元気で！」

「椿屋さん、今までありがとう！」

祭りと言われてある程度のことは想定していたがそれすらも超えていた。港には続々と人が集まり、今まで見たことがないくらいに人が溢《あふ》れかえっている。地元消防団がエールを送ってくれてもいたし、少し離れた位置からは中学校の吹奏楽部が演奏してくれてもいた。もはや町全体の一大イベントのようだ。これでまたすぐに折り返しの便で戻ってくるなんて言い出せるはずもない……。

「ど、どうも皆さんありがとうございます……」

今はただ曖昧《あいまい》にやり過ごすしかない。

本当に、本当に大勢の人が集まってくれていた……。

「椿屋さん、とっても寂しくなるわ」

そう言ってくれたのは、長年の春風亭の常連でもある堂島佐代子《どうじまさよこ》さんだった。年齢は八十歳くらいのはずだが、その姿は今も若々しく見える。今でも現役で習字教室の先生を続けていた。

「また戻ってきたらすぐに私たちも会いに行くからね」

それからほぼ同時に声をかけてくれたのは、立花真由美《たちばなまゆみ》さんだ。立花さんは、堂島さんの習字教室の隣にバレエ教室を開いていて、元々習字教室にも通っていたから、そっちの手伝いも兼任している。ちなみにバレエ教室が始まってから、堂島さんの教室も、椅子に座って習字をすることになったみたいだ。

「お二人とも、ありがとうございます。またすぐにでも飲みに行きましょう。色々話したいことがあるので……」

私の言葉に二人がほぼ同じタイミングで笑顔になった。二人は師弟のような関係になっていて、今でもよく一緒に春風亭を訪れている。私にとってもいい飲み仲間になっていた。

「船で出て行くなんて素敵ですよね『愛と青春の旅だち』を思い出しちゃうなあ」

次にそう言ったのは、大輔君の幼馴染《おさななじ》みの柏木美穂《かしわぎみほ》さんだった。何度か港を訪れているうちに話すようになった子だ。今は都内でフェイスブックを通して再会した、中学生の頃の同級生と一緒に暮らしている。梅野《うめの》君は映画好きの私にとって王子様のような人なの、と惚気《のろけ》話を聞かされたこともあった。

「……柏木さんもありがとうございます。でも私はリチャード・ギアのように渋くはありませんよ」

私がそう応えると、「確かにお姫様抱っこする相手が今は見当たらないものね」と言って笑った。柏木さんもその同級生の影響で、映画好きに拍車《はくしゃ》がかかっているようだった。

――そして、大輔君の姿を見つけた。

「椿屋さん、会いにきたよ」

大輔君が昔と同じような屈託のない笑みを見せて言った。もう大輔君も三十一歳だ。

立派な大人になった。

そしてその笑った顔は、桜木さんにとてもよく似ていた。

「……ありがとう、大輔君。大人になったね」

今はただ、こうやって会いに来てくれたのが素直に嬉しい。

だから私もその言葉は純粋な思いで出てきた。

「椿屋さんは歳をとったね」

「ああ、時間は皆平等に流れているみたいだ」

そう言ってお互いに笑った瞬間、シャッターを切る音が聞こえた。

「いい笑顔だったよ二人とも、今日のベストショットかもしれない」

町田君だ。本当にわざわざ町田君も会いに来てくれたのだ。

「町田君、いつも素敵な写真をありがとう。君のおかげで春風亭に行く楽しみが一つ増えたよ」

「そう言われると嬉しいなあ。椿屋さんもだいぽんと一緒で、僕の高校時代の頃からの写真を見ている人だからね」

「あの頃から私は君の写真が好きだったよ、君の撮った写真を見ているとなんだか昔に戻れるような気がしてね」

「もう、椿屋さんは嬉しいことばかり言ってくれるよね」

そう言ってから、町田君はもう一度私の写真を撮った。でも私の方がその町田君の笑顔を写真に収めたいと思った。ただ、その必要もないのかもしれない。大輔くんのスマホの写真フォルダにはそんな写真もたくさん収められているはずだ。

これから先もずっと、二人の良き友としての関係は続いていくのだろう。

きっと、私たち二人と同じように――。

「……いやあ想像以上だなあ、まいったまいった」

そう言って桜木さんが人波をかき分けてやってきた。

「みんな集まっちまったな。まあお前はやっぱりリチャード・ギアじゃなくてサイモンとガーファンクルって感じだよな。そのくるくるのパーマ頭は今でも健在だし」

「そうですね、でもそしたら桜木さんもサイモンとして歌の練習でもしておいてくださいよ。私が似ているのはガーファンクルだけですから」

「……確かに。近いうちにお詫《わ》びのコンサートでもしなきゃいけなさそうだもんなあ」

そんな冗談を言って笑い合った。

それから私たちはなぜだか分からないけど、その場でハイタッチをした――。

「ははっ」

「へへっ」

自然と手が出てしまったのだ。

似たようなことを頭の中で描いていたということに、お互いもう一度笑い合う。

あの日この場所で桜木さんと出会った時、こんな瞬間が私の身に訪れるとは思わなかった。誰かと手と手を合わせて笑い合う時が来るなんて夢にも思わなかったのだ。

でもきっと、遠いあの日の出会いからすべては始まったのだろう。

「それじゃあ皆さん、集合写真を一枚撮りましょう！　みんな集まってくださーい！」

町田くんの号令でみんなが並んで集合写真を撮った。さすがに入りきらなかった人もいたけど、本当にたくさんの人が写真の中に収まった。

これでまた大切な写真が春風亭の壁に新しく飾られることになる。また春風亭に行く楽しみが一つ増えた。

「みなさん、ありがとうございます」

私がフェリーに乗ると、大勢の人が手を振って最後まで見送ってくれた。さっきまでは複雑な気持ちもあったけれど、ただ今はこれだけの人が集まってくれたことが純粋に嬉しかった。

そして、二十数年もの間この港で働いていたのに、甲板《かんぱん》の最後尾に立って、ここからフェリーに乗って出て行くのはこんな気持ちになるのかと初めて知った。

自分が立つ場所によって全く気持ちが変わるのだ。

最初にフェリーの先頭に立った時は、まるでなにか新しいことを始めるかのような高らかな気持ちが湧いた。

でもフェリーの一番後ろに立って、ゆっくり離れる港を見つめている時は、何か大きな別れのように思えて胸に込み上げてくるものがあったのだ。

「あぁ……」

思わず、声が漏れてしまった。

そしてきっとその声が聞こえたのだろう。

「……素敵なお見送りですね」

隣にいた杖をついて歩くご老人から、声をかけられた。

初めて姿を見る人だった。

久里浜行きのフェリーに乗っていることからしても、金谷の町には住んでいないのかもしれない。

ご老人は、柔らかな笑顔を浮かべて、私と同じように港を見つめていた。

「ありがとうございます。私にはもったいないくらいですが……」

どことなくサクラさんとも似た雰囲気があった。

だから警戒心の一つも抱くことはなかったのだろう。

ただ、私の言葉にご老人は、小さく首を振って言った。

「そんなことはないと思いますよ。町に咲く桜だってまるであなたの旅立ちを祝福しているかのようですから」

そう言ってご老人が手を向けた方を私も見つめる。

そこには、金谷の山肌に咲くサクラさんの植えた桜があった。

見事な光景が広がっている。

フェリーの上から眺めるその姿は、まるで春の訪れを山全体で祝っているかのようだった。

「本当に綺麗ですね……」

私はその光景を見て、胸の中に湧きあがった言葉をそのまま言った。

「ええ、とても……」

ご老人も目を細めてそう言った。

私はこんな風にサクラさんの植えた桜の全景を離れた場所から見るのは初めてだった。

船からでないと見られない景色だったのだ。

大きな一体感を伴った桜、桜、桜──。

そしてその光景を隣で一緒に眺めていたご老人が、ぽつりと呟いた。

「……まるで桜の花火のようですね」

「桜の花火……」

言われてみると、確かにそう見えてしまった。

まとまって桜が植えられた場所は、遠く離れた船上から見ると、それだけで一つの大輪の花を咲かせているかのように見える。

それにそんな花火のように見える桜は様々なところに点在していて、ともすれば金谷の山肌全体を使った季節外れの花火大会が行われているかのようだった。

「もしかして……」

その姿を見つめながら思う。

――サクラさん自身、そう考えて桜を植え続けていたのではないだろうか。

だとしたら、色んな場所を選ぶようにして植樹していたのにも説明がつく。

サクラさんは遠く離れることで、他の木々や山肌と相まって一枚の絵のように見えることの光景を狙って作り出したのだ。

そして私は、サクラさんが過去に言っていたあることを思い出していた――。

「ナスカの地上絵か……」

サクラさんは海外の色んなところを回っていて、ペルーのナスカの地上絵も見ていた。

初めて出会った時、ナスカの地上絵にまつわる、ある一説を私にも話してくれていた。

――ナスカの地上絵が亡くなった人のために描かれた弔《とむら》いの絵だったとされる話だ。

というのも、あのナスカの地上絵の描かれた地方では当時、亡くなった人の遺体を木の皮で作った気球のようなものに乗せて空に飛ばすという葬送が行われていて、それで最後に天に昇る前に空から絵を見てもらおうとしたと言われているのだ。

サクラさんはそのことに強く感銘を受けていた。

だからこそ、サクラさんも亡くなった大切な人のために、この桜の花火のような美しい光景を作り出したのではないだろうか――。

「本当に綺麗ですね……」

今度はご老人が、さっき私が言ったのと同じ言葉を口にした。

その言葉もきっと素直に胸の中から湧きあがったものに違いない。

だって私もそうだった。

感服せざるを得なかった。

「ナスカの地上絵ならぬ、サクラの地上絵か……」

思わず笑みが零《こぼ》れる。

何年がかりの、いや何十年がかりの計画だろうか。

あなたはれっきとした画家じゃないか。

人生の最後の集大成に、こんな絵を描いていたなんて――。


――私は、この町に一人になろうとして来ていた。

仕事に疲れ、人間関係にも嫌気がさし、なにもかも捨てたくなってここへ来た。

もうすべてを終わらせるつもりだった。

だからこの町に来て、こんなにも多くの人との繋《つな》がりが出来るなんて、思ってもみなかった。

別れの後に出会いがあった。

そしてまた出会いの後に別れもあった。

出会いが人と人を変えて、また別れが本当に大切なものは何かということを教えてくれたのだった。

「……人生は、出会いと別れの連続ですね」

私が空を見上げてそう言葉を零すと、ご老人は港に集まった人たちを見つめて言った。

「この光景を見てそう言うのには、なんだかそぐわない気もしますけどね。別れよりも似合う言葉があるような……」

「別れよりも似合う言葉……」

その言葉を聞いて、胸に去来する想いがあった。

確かにこの光景を、ただの『別れ』なんて言葉だけでは言い表したくない。

そしてこの町で過ごした二十数年間を通しても、最後に訪れたものには、もっと相応しい言葉があったはずだ。

何か、別れの代わりの言葉が――。

「あっ……」

その時、頭の中をよぎったのは、最初にご老人が口にした言葉だった。

ある意味ヒントだったのかもしれない。

そして私はその言葉を、確かめるように呟く。

「――旅立ちだ」

私の言葉に、ご老人が満足そうに微笑んで小さく頷く。

私もその言葉を、もう一度しっかりと嚙みしめた。

――人生は、出会いと旅立ちの連続だ。


これからもここから色んな人が旅立っていくのだろう。

そしてどこかできっとまた人と人は出会う。

今日という旅立ちの日にも、こうしてまた新たな出会いが生まれたのだから――。

もう一度、港を見つめると、まだ手を振り続けてくれている大切な人たちの姿が見えた。

私も手を振り返してから笑って、誰にともなく言った。

「――あなたに出会えて良かった」

金谷の町の桜の花が、旅立ちを祝福するかのように咲いていた。

きっとこれから百年先まで咲き続けるだろう――。

〈引用文献〉

「勧酒」（『厄除け詩集』　井伏鱒二　講談社文芸文庫　一九九四年四月刊）
「幸福が遠すぎたら」（『寺山修司詩集』　寺山修司　ハルキ文庫　二〇〇三年一一月刊）

解説　旅立ちは懐かしい

徳井青空

『なんでだろうな、懐かしいってのはいい』

なんとなく、私はこの言葉が物語の芯となる気がして一番初めに蛍光ペンを引いた。話の舞台は千葉県内房《うちぼう》の港町、金谷《かなや》。千葉県南房総市《みなみぼうそうし》で育った私にとってすごく馴染《なじ》み深い土地だ。金谷より南に位置する南房総。東京へ向かうときは必ず金谷を通るし、フェリーにも乗ったことがある。さらに時代背景も平成初期で、これまた平成元年生まれの私にとって親近感が湧く。まるで地元の先輩の日記を手にとるような、あたたかいけれど少しの気恥ずかしさを感じながらページをめくっていく。

全六話で構成される『旅立ちの日に』は、定食屋「春風亭《はるかぜてい》」と「金谷のフェリー」そして様々な「出会い」と「別れ」が描かれる。

第一話「木蓮《もくれん》の涙と桜」では、春風亭の店主である桜木《さくらぎ》浩《ひろし》が妻の陽子《ようこ》を交通事故で喪《うしな》ってしまうのだが、血のつながらない息子の大輔《だいすけ》と新たな出発を決意する場面で締めくくられている。「悲しい別れの物語」だと覚悟してかかったが、違った。第一話は、出会いの物語だったのだ。

冒頭から丁寧に描かれる金谷の風景が心地《ここち》好い。私も海沿いの町で育ったので、あの青々しい潮風の匂いを思い出すのは容易《たやす》いことだった。風が強い日には外に出るだけで髪の毛が潮でベタベタになり、体のどこを舐《な》めてもしょっぱい塩人間が出来上がる。春風亭の名物であるアジフライ定食も非常に美味《おい》しそうだ。自分の顔より大きなアジフライを頬張った瞬間の香り、サクサクでふわふわの食感、すぐに米を掻《か》き込《こ》みたくなる誰にも止められない衝動までもがよみがえってくる。

金谷と久里浜《くりはま》を結ぶフェリーは、東京湾アクアラインが出来るまで私も何度か家族で利用した。子どもの頃、いつも乗っている父の大きなワゴン車ごと乗船できるフェリーに大興奮だった。座席を倒せば私と弟が大《だい》の字《じ》で寝られるくらいおっきな車なのに、フェリーは一体どれほどおっきいんだろう。列になった自動車がぞくぞくとフェリーに乗り込んでいく様子は、さながら巨大な鯨《くじら》に飲み込まれていくイワシの群れのようで、あのワクワク感は他では味わえないと思う。揺れるフェリーの甲板で感じたジェットコースターにも負けない風、船内の売店で食べた揚げてから時間のたった鹿子揚《かのこあ》げの味。こんなにも鮮明に思い出せることに自分でも驚いてしまった。懐かしい。

そんな楽しい金谷のフェリーも、第一話の浩には孤独を感じさせてしまう。同じ場所でも見る人が変われればこんな風に映るんだと少し寂しくなった。また案内係の椿屋《つばきや》だが、彼に感情移入できる日は来ないかもしれないと最初は思った。フェリーに乗ったことはあっても、フェリーを見送る人の気持ちは想像したことがない。ただ、彼の「きっと男でも泣いていい時代がすぐに来ると思いますけどね」という台詞《せりふ》が、もしかしたらこの男、なにかとんでもないものを抱えているかもしれないと私の心を惹《ひ》きつけた。

妻との別れで、ずっと住んでいたはずなのに、新しい街に来てしまったかのような錯覚。妻のいない街に出会い、案内係の新しい一面に出会い、強くなった大輔に出会って、並んで咲くハクモクレンと桜に出会った。

たくさんの出会いは、新しい自分にも出会わせてくれる。そう思わせてくれるあたたかい第一話だった。

第二話「白鳥の海」は真由美《まゆみ》視点で物語が始まる。あれ、大輔はどこだろう、と運動会で自分の子どもを探す親の気持ちで見回す。いたいた。小学生になってて、友達と無邪気に遊んだり、習い事をしたり。気遣いのできる優しい子になってる……。なんだか嬉《うれ》しい。大輔の成長を見守れるのもこの作品の楽しいところだ。

バレリーナになる夢を追って地元を離れ、一度は東京に行った真由美。田舎《いなか》を飛び出し都会へ行く「夢」っぽさ。東京でこっそり声優を目指しちゃお！　と私も意気込んでいた時期がある。このリュックに夢を詰め込んで東京に乗り込む「夢っぽい」を経験できるのは田舎者の特権なので、これからも誇りを持って大切にしてほしい。

天井《てんじょう》がステンドグラスになっているフェリーの甲板でバレエを踊るという場面がお気に入りだ。佐代子《さよこ》の為だけに踊る美しさは、思わず絵に描きたくなるほどで涙が溢《あふ》れた。

第三話「さよなら、小さな恋のうた」になると大輔は中学生。ストーリーは中学生の恋と別れのほろ苦さが読者の青春をくすぐるだろう。しかし私の場合、なにより次々に登場する平成アイテムがドンピシャすぎて、その度にダーツがブルに刺さった時の「バキューン！」というブル音が頭に鳴り響くような感覚だった。懐かしい。モンパチ聴いて、木更津《きさらづ》で『猫の恩返し』見てさ。私も『耳をすませば』は台詞を覚えるくらい大好きだったよぉ。夢を追いかける雫《しずく》の姿に感化されて漫画を描いたっけ……。思い出さなくてもいい歴史まで思い出しちゃいそうで、個人的にはハラハラした。MDで「天体観測」を好きな人と一つのイヤホンで聴く？雑誌「セブンティーン」の挿絵でしか見たことない憧れのシチュエーション！　痺れます！　でも一番撃ち抜かれたのは、梅野《うめの》くんの家に電話をかけるシーンの「043……」という市外局番！　ひぃ、清水《しみず》さん、どうか勘弁してくださいこのままではエモさで何かが潰れてしまいそうです！　この携帯電話が学生に普及する前の、友達んちの家電に電話をかけるハードルの高さよ。電話をかけて親御さんが受話器を取ってしまった時の緊張感。かける相手が異性だったら「あんた、女の子から電話だよ～（笑）」と罰ゲームみたいな電話の取次を聞かされることになる絶望感。こんなに短い一行で平成生まれの千葉県民にとどめを刺すなんて、恐ろしい作品である。

早く大人になりたいという悔しい願いからの第四話「卒業写真」。高校生になった大輔に対して、大きくなったねぇ立派だねぇと声をかけてあげたくなる。物語も後半に入り、伏線回収のような街の繫《つな》がりがどんどん見えて楽しい。

第五話では目次から気になっていた「だいせんじがけだらなよさ」の謎がついに解ける。死ぬのが怖い。でも死んだら天国でばあちゃんに会えるんだな、それはいいな。私もそう考えたことがある。貴子《たかこ》は「この世にさよならして、また誰かと出会う」と表現した。そうか、この気持ちは出会いに期待している「希望」なんだな。みんな死ぬ瞬間は、この希望に満ちているのかな。だいせんじがけだらなよさ。さよならだけが人生だ、じゃない。逆さに読むだけで反対の意味になる。なんて粋な言葉遊びなんだろう。それは、同じものでも見る方向を変えるだけで違って見えてくる。自分が死んでも、悲しいって感情だけを見るのはやめて。角度を変えたらきっと、出会った喜びがたくさんあるはずだから……。さようならは悲しいだけじゃないと、包み込むように教えてくれた気がした。

第六話「旅立ちの日に」ではついに案内係の椿屋がフェリーに乗る。私もすっかり愛着の湧いたこの金谷を離れるのが寂しいと思ってしまった。でも出航した先に、また出会いがある。私も知っているあの金谷に桜がたくさん咲いたらどんなに綺麗《きれい》だろう。まだ見たことのない新しい金谷に出会うことができた。

椿屋もサクラさんの桜の花火に出会って、「別れ」の代わりの言葉「旅立ち」に出会う。自分の近くにもこんな素敵な出会いがあるのかもしれないと思うと、また明日からの日々がちょっと楽しみになる。

六話まで読み終わった後、一話を読み直す。最初に読んだ時よりずっと多くの出会いを見つけることができる気持ちよさがある。

最後に、

『なんでだろうな、懐かしいってのはいい。』

この言葉がどうして気になったのか。令和の東京に暮らす私が感じる、平成や千葉県で過ごした時間への懐かしさ。そして、この懐かしさへの愛《いと》おしさはなんなんだろう。

今ならはっきりとわかる。当たり前のことなのだけれども、でも明確になった。

旅立ったから、懐かしいのだ。

千葉から旅立ったから、懐かしい。平成から旅立ったから、懐かしい。中学を卒業したから懐かしい。旅立ちが多ければ多いほど、懐かしいが増えていく。ちょっと前まで住んでいた家の前を通って、懐かしい。十年前に一緒に仕事をしたメンバーに久しぶりに会って、懐かしい。

「懐かしい」の数だけ「旅立ち」があるんだ。懐かしいって思えるのは、私が旅立ったから。懐かしいことばかり考えていると、過去に縋《すが》っているようで格好悪いと思っていた。でも、今を生きてなきゃ「懐かしい」を感じられない。懐かしいって気持ちは、自分の旅立ちを認めてあげたご褒美《ほうび》の気持ちなんだ。

何度でも旅立っていい。たぶん人生は、いっぱい「懐かしい」を作れたもの勝ちなんだろう。

（とくい・そら　声優、漫画家）

二〇二三年八月　中央公論新社刊

この物語はフィクションであり、実在の人物・団体とは、一切関係ありません。

中公文庫

旅《たび》立《だ》ちの日《ひ》に

2025年2月25日　初版発行

著　者　清《し》水《みず》晴《はる》木《き》

発行者　安部順一

発行所　中央公論新社
〒100-8152　東京都千代田区大手町1-7-1
電話　販売 03-5299-1730　編集 03-5299-1890
URL https://www.chuko.co.jp/

DTP　嵐下英治
印　刷　大日本印刷
製　本　大日本印刷

Published by CHUOKORON-SHINSHA, INC.
Printed in Japan　ISBN978-4-12-207620-4 C1193

清水晴木の本

天国映画館

あなたの人生の名シーンは、いつですか？

ミステリアス＆感涙のヒューマンシネマパラダイスストーリー！

単行本

中公文庫既刊より

い-117-1
SOSの猿　伊坂幸太郎
株誤発注事件の真相を探る男と、悪魔祓いでひきこもりを治そうとする男。二人の男の間を孫悟空が飛び回り、壮大な「救済」の物語が生まれる！〈解説〉栗原裕一郎
205717-3

い-117-2
シーソーモンスター　伊坂幸太郎
元情報員の妻と姑の争い。フリーの配達人に託された謎の手紙。時空を超えて繋がる二つの物語。運命は変えられるのか。創作秘話を明かすあとがき収録。
207268-8

い-124-1
向かい風で飛べ！　乾ルカ
スキージャンプの天才美少女・理子に誘われて競技を始めたさつきは、青空を飛ぶことにどんどん魅入られていく。青春スポーツ小説。〈解説〉小路幸也
206300-6

い-124-2
コイコワレ　乾ルカ
日本の敗色濃厚な第二次大戦末期。相剋するふたりの少女が、目覚め、祈るとき……。新しい世界の物語が始まる。特別書き下ろし短篇収録。〈解説〉瀧井朝世
207292-3

い-124-3
おまえなんかに会いたくない　乾ルカ
十年前に校庭に埋めたタイムカプセルの開封を兼ねて、高校同窓会開催の案内が届く。だが……⁉ モモコグミカンパニーとの対談を収録。〈解説〉一穂ミチ
207413-2

い-124-4
水底のスピカ　乾ルカ
些細な事からクラスで孤立した容姿端麗、頭脳明晰な転校生と、ふたりのクラスメート。彼女たちの人生で、もっとも濃密な一年が始まった。〈解説〉中江有里
207565-8

さ-83-1
連弾　佐藤青南
幼き頃の憧憬は、嫉妬、そして狂気へと変わる——。彗星の如く現れた天才作曲家の正体を追う、二人の刑事が辿り着いた真実とは⁉ 文庫書き下ろし。
207087-5

各書目の下段の数字はISBNコードです。978-4-12が省略してあります。

各書目の下段の数字はISBNコードです。978－4－12が省略してあります。

さ-83-2
人格者
佐藤青南
オーケストラの人気ヴァイオリニストが殺害された。誰からも愛された男がなぜ殺されたのか？　あの『連弾』の異色刑事コンビが謎に挑む！　文庫書き下ろし。
207229-9

さ-83-3
残奏
佐藤青南
人気ロックバンドのメンバーが、何者かに殺害された。音喜多弦刑事と、絶対音感を持つ鳴海桜子刑事は被害者の母校吹奏楽部を訪れるが。文庫書き下ろし。
207390-6

さ-83-4
眠れる森の殺人者
佐藤青南
女子児童誘拐事件の背後には、表舞台から消えた名ヴァイオリニスト、そして天才指揮者で鳴海桜子刑事の父親の影が……。文庫書き下ろしシリーズ第四弾！
207546-7

ふ-48-1
十六夜荘《いざよいそう》ノート
古内一絵
面識の無い大伯母・玉青から、高級住宅街にある「十六夜荘」を遺された雄哉。大伯母の真意を探るうち、遺産の真の姿が見えてきて――。〈解説〉田口幹人
206452-2

ふ-48-2
銀色のマーメイド
古内一絵
大人気「マカン・マラン」シリーズの原点！　中学水泳部を舞台に、ジェンダーの垣根を超えた熱血×感動の青春物語が登場です。
206640-3

な-81-1
滅びの前のシャングリラ
凪良ゆう
滅亡を前にした世界で「人生をうまく生きられなかった」人々が見つけた光。二度の本屋大賞受賞を果たした著者の傑作。〈巻末対談〉新井素子×凪良ゆう
207471-2

ま-55-1
52ヘルツのクジラたち
町田そのこ
二〇二一年本屋大賞第一位。自分の人生を家族に搾取されてきた女性・貴瑚と、母に虐待され「ムシ」と呼ばれていた少年の新たな魂の物語――。〈解説〉内田　剛
207370-8

ま-55-2
星を掬う
町田そのこ
千鶴が夫から逃げるために向かった「さざめきハイツ」には、自分を捨てた母・聖子がいた――。すれ違う母と娘の感動長篇。〈解説〉夏目浩光
207563-4